恶作剧
Mischief

［美］夏洛特·阿姆斯特朗 著
王巧俐 译

上海文艺出版社
上海故事会文化传媒有限公司

编委会

总策划 夏一鸣

主　编 黄禄善

副主编 高　健

编辑成员（按姓氏拼音为序）

蔡美凤　高　健　胡　捷

黄禄善　吴　艳　夏一鸣　杨怡君

名家导读

/黄禄善

  黄禄善，上海大学外国语学院英语教授、外国通俗文学研究中心主任。主持完成国家社科研究项目"英国哥特式小说研究"和国家社科后期资助项目"英国通俗小说史"，在《外国文学评论》《外国文学研究》等刊物发表论文30多篇，并出版《美国通俗小说史》等专著7部、《美国的悲剧》等译著11部；还先后受长江文艺出版社、花城出版社、上海文艺出版社和故事会文化传媒的委托，主编"世界文学名著典藏""域外故事会"等大、中、小型外国文学丛书12套，近280种。系上海市作家协会会员，上海翻译家协会理事，2018年被中国翻译协会授予"资深翻译家"称号。

  社会悬疑小说（social suspense fiction），又叫黑色悬疑小说（black suspense fiction），是在硬派私家侦探小说基础上发展起来的一类通俗小说。它成形于20世纪40年代，在50年代和60年代最为流行，其最大特色是充满了紧张的"悬疑"。同硬派私家侦探小说一样，这类小说也有犯罪，也有调查，然而它关注的重点不是侦破疑案和惩治罪犯，而是剖析案情发生的扑朔迷离的背景和犯罪的心理状态。作品的叙事角度也不是依据犯罪事实的调查人侦探，而是依据与神秘事件有关的某个当事者或案犯本身。这些当事者或案犯往往是处在社会底层的"反英雄",如三教九流的私家侦探、前警察、退伍老兵、流浪汉、刑满释放者、蓝领工人,等等。而女主人公,则以反派人物居多,虽说外貌美丽,但生性淫荡,善于操纵和驾驭男人。他们犯罪的原因每每是出于贪婪、愚昧、自私、负心或性堕落,甚至是出于难以言状的心理扭曲或心理缺损。伴随着这些小说主人公因人性缺陷或病态心理的驱使而陷入越来越可怕的犯罪境地,故事的神秘和悬疑也越来越强,从而激起了读者的极大兴趣。

20世纪中期美国黑色悬疑小说的流行与同一时期兴起的黑色电影运动密切有关。"二战"极大地冲击了美国社会,给这个国家带来了思想、道德观念的深刻变化。人们不再沉醉于徘徊了一个多世纪的孤立主义的和平美梦,而是对未来充满了担忧和恐惧。与此同时,各式各样的怀疑心理、悲观意识和失望情绪开始在社会上泛滥。受这些虚无主义思想的影响,美国好莱坞的一些导演开始编导表现人性丑陋、人生虚无的黑色风格电影。最先获得成功的是约翰·休斯顿(John Huston,1906—1987)。1941年,他根据达希尔·哈米特的《马尔他猎鹰》(The Maltese Falcon,1929)编导的同名电影在各地上演后,出现了罕见的火爆场面。紧接着,斯图尔特·海斯勒(Stuart Heisler,1896—1979)把达希尔·哈米特的另一部小说《玻璃钥匙》(The Glass Key,1930)搬上银幕,也取得了同样的效果。在这种情况下,其他导演也竞相编导具有同样主题风格的黑色电影,从而掀起了一场声势浩大的运动。起初,许多导演只是效仿约翰·休斯顿和斯图尔特·海斯勒,改编一些硬派私家侦探小说,尤其是一些名家的作品,如雷蒙德·钱德勒的《长眠不醒》(The Big Sleep,1939)、《湖中女人》(The Lady in the Lake,1943) 等等。随着运动的深入,一些人开始编导原创性的黑色电影。在这些电影中,主人公已不是任何意义的侦探,而是生活在社会底层的小人物。他们有着种种人性弱点和生理缺陷,与罪恶世界有这样那样的联系。整个主题风格依旧表现人性的阴暗面,强调人生的残忍、污秽、疑虑、浮躁、挫败和虚无。至于情节,则以紧张的悬疑为主要特色,往往是上述特征的男主人公与一个美貌女子邂逅,该女子利用自己的美色勾引他,进而操纵他犯罪,而反过来,她也在自己精心设计的圈套中走向毁灭。这类电影十分受欢迎,从而促使一些通俗小说作家开始创作具有类似主人公、类似主题风格、类似情节的通俗小说,于是黑色悬疑小说应运而生。

一般认为,美国黑色悬疑小说的鼻祖是康奈尔·伍里奇(Cornell Woolrich,1903—1968)。1940年,他的第一部黑色悬疑小说《黑衣新娘》(The Bride Wore Black)问世,顿时引起轰动,他由此被称为"20世纪的爱伦·坡"和"犯罪文学界的卡夫卡"。紧接着,他又以自己的本名和笔名陆续出版了17部黑色悬疑小说,其中的《黑色帷帘》(The Black Curtain,1941)、《黑色罪证》(Black Alibi,1942)、《黑夜天使》(The Black Angel,1943)、《黑色恐惧之路》(The Black Path of Fear,1944)、《黑色幽会》(Rendezvous in Black,1948) 同《黑衣新娘》一道,构成了他的著名的"黑色六部曲"。

其余的《幻影女郎》(*Phantom Woman*,1942)、《黎明死亡线》(*Deadline at Dawn*,1944)、《华尔兹终曲》(*Waltz Into Darkness*,1947) 与《我嫁给了一个死人》(*I Married a Dead Man*,1948) 等,也继承了同样的黑色悬疑风格,颇受好评。与此同时,他还在《黑色面具》等十几家通俗小说杂志刊发了大量的中、短篇的黑色悬疑小说。

夏洛特·阿姆斯特朗(Charlotte Armstrong,1905—1969)是继康奈尔·伍里奇之后又一杰出的黑色悬疑小说家。她于1905年5月2日出生在美国密歇根州瓦尔肯。父亲是铁矿工程师,系美国公民,而母亲则来自英国康沃尔。在当地中学毕业后,她入读威斯康星州立大学,毕业后,去了纽约,先是替《纽约时报》处理分类广告业务,继而在一家会计公司当秘书,还干过一段时间的时装新闻记者。1928年1月,23岁的夏洛特·阿姆斯特朗同广告商杰克列维步入婚姻殿堂。婚后,她辞去工作,专心照料丈夫、子女的饮食起居。平和的家庭生活给她提供了大量的闲暇时间,她遂开始了文学创作。起初,她的作品多是一些诗歌和剧本,其中《最欢乐的日子》(*The Happiest Days*,1939) 和《伊莎贝拉的戒指》(*The Ring Around Elizabeth*,1940) 还曾在百老汇上演。1942年,夏洛特·阿姆斯特朗转入犯罪小说的创作,首批推出的是以"麦克·达夫"为业余侦探的《下注吧,麦克·达夫》(*Lay On, Mac Duff*,1942)、《威尔德姐妹案宗》(*The Case of Weird Sisters*,1943) 和《无辜的弗劳尔》(*Innocent Flower*,1945)。尽管这"三部曲"含有较多的侦探小说成分,但作者关注的重点已不是"调查案情"或"惩治罪犯"。接下来,夏洛特·阿姆斯特朗又推出了更加"离经叛道"的黑色悬疑小说《未受怀疑》(*Unsuspected*,1946)。该小说获得了极大成功,翌年又被改编成同名电影,再次引起轰动。从此,她将精力主要用于黑色悬疑小说创作,到1969年7月18日因病在加州逝世,已累计出版黑色悬疑小说26部,名篇有《巧克力蛛网》(*The Chocolate Cobweb*,1948)、《黑眼圈陌生人》(*The Black-Eyed Stranger*,1952)、《最好吃掉你》(*The Better to Eat You*,1954)、《一瓶毒药》(*A Dram of Poison*,1956)、《女巫之家》(*The Witch House*,1964)、《礼品店》(*The Gift Shop*,1966),等等。这些小说都一版再版,畅销不衰,直至今日,还不断有新版问世,其中不少被搬上电影银幕,改编成电视连续剧。

《恶作剧》(*Mischief*)问世于1950年,当即成为畅销书,并入围"爱伦·坡奖最后名单"。《纽约时报》刊文称赞该书是"有史以来最好的恐怖悬疑小说之一",《纽约客》也载文赞其是"恐怖和悬疑的完美、冷酷的结合"。1952年,这本书又被改编成电影《无须敲门》(*Don't Bother to Knock*),由罗伊·贝克执导,玛丽莲·梦露主演。该影片的持续高票房价值足以在整个西方通俗小说界刮起"夏洛特·阿姆斯特朗旋风"。1991年,时隔近40年之后,知名导演里克·伯杰再次将它搬上电影银幕,并更名为《保姆》(*The Sitter*),由金·迈尔斯主演,从而在西方通俗小说界再次掀起"夏洛特·阿姆斯特朗热"。21世纪前20年,随着女作家吉莉安·弗琳(Jillian Flynn,1971—)的《消失的爱人》(*Gone Girl*,2012)等小说走红,该书又被挖掘出了新的价值，被读者当成"家庭黑幕小说经典"（classic domestic noir）顶礼膜拜。2004年，美国大型读书网站Goodreads根据读者的投票，列出了20世纪中期西方最受欢迎的32部"经典家庭黑幕小说"，其中夏洛特·阿姆斯特朗的《恶作剧》位列其中。

像《未受怀疑》《一瓶毒药》一样，《恶作剧》讲述了一个"令人紧张得喘不过气来"的恐怖悬疑故事。纽约一家豪华酒店内，《星报》编辑兼发行人彼得及其妻子露丝即将参加晚间一个重要社交活动，不得已将9岁的女儿邦妮交给临时保姆内尔看护。岂知内尔是一个外表矜持、内心不安分，且心理有严重障碍的年轻姑娘。一俟雇主彼得和露丝离去，她便迫不及待地安顿邦妮上床，接着打开露丝的手提箱，翻找出里面的珠宝、香水、衣服、鞋子，自我装扮起来。在卧室转了一圈又一圈舞步之后，她开始翻开桌上的电话号码簿，随机打起了恶作剧电话。电话引起了多个家庭主妇的愤怒，也引起了相邻房间一个情场失意的男人杰德的注目。他刚刚与女朋友林恩有过一次激烈争论，彼此都不服输，女友悻悻然离去，这也意味着彼此恋情的可能终结。因而，当内尔轻佻地邀请杰德进房饮酒时，杰德便下意识地答应了。随后，两人的调情被邦妮撞破，这时，内尔暴露了凶残的面目。

正是通过杰德，夏洛特·阿姆斯特朗不但编织了错综复杂的恐怖情节，还探索了小人物身处绝境、面对巨大压力时的心理变化和人格重塑。一开始，杰德是以愤世嫉俗的身份出现的。他嘲笑林恩街边施舍乞丐的天真，自己却被内尔引诱落入了陷阱。很快，他意识到内尔疯了，必须寻找一种妥善的办法逃离魔掌，同时又不让邦妮与这个疯女人单独相处。但是，由于沟通不畅，以及误解和延误，他屡屡没有成功。内尔不仅仅是一个恐吓小女孩并威胁要毁掉一个倒霉男人的生活的精神病患者，也会引发周围每个人的恐惧。就是在这样紧张的悬疑节奏中，故事逐步走向高潮，最后到达意想不到的结局。

某种意义上，夏洛特·阿姆斯特朗还探讨了人们的社会行为方式及其外表下隐藏的焦虑。小说中，几乎每个人物都显得很焦虑：彼得对他的演讲感到紧张，露丝对她的女儿感到紧张，林恩对杰德感到紧张，埃迪对内尔感到紧张。唯一例外是内尔。她首次出场时，显得出奇安静。彼得因即将到来的演讲而心烦意乱，没有过多关注，但露丝立即因其完全不需要取悦而感到不安。"埃迪在一旁紧张地插话，好像在帮这个蠢蠢的固执的女孩打掩护似的，而她自己却在一边袖手旁观。好像就该不停说话，熬过尴尬的沉默。"内尔不受任何潜在的中产阶级恐惧的影响，也没有意识到自己的行为可能产生的影响。她是纯粹的本我，是青少年鲁莽的远景上升到噩梦的沸点。

总之，夏洛特·阿姆斯特朗不愧为一流的黑色悬疑小说大师。她的《恶作剧》熔光明与黑暗、希望与绝望于一炉，在一个似乎分崩离析的世界中努力寻找意义和稳定。尽管已过去了半个多世纪，但这本书依旧散发着魅力，吸引一代又一代粉丝。

Contents

第一章	1	第七章	62
第二章	16	第八章	84
第三章	26	第九章	91
第四章	39	第十章	101
第五章	47	第十一章	109
第六章	54	第十二章	116

第十三章	129	第十八章	169
第十四章	137	第十九章	178
第十五章	144	第二十章	183
第十六章	153	第二十一章	193
第十七章	161	第二十二章	200

第一章

布伦纳顿《星报》编辑、发行人彼得·欧·琼斯先生，此时正站在纽约一家酒店的卫生间里擦洗指甲。卫生间的门敞开着，他的妻子露丝看到他赤裸的脖子挺得直直的，他正努力地调整自己的形象呢。他的声音盖过了卫生间哗哗的水流声："女士们、先生们……"露丝朝邦妮挤了挤眼。

露丝穿着长长的衬裙坐在梳妆台旁。今晚，她决定精心打扮一番，展示出一个女人应有的精致与优雅。此刻，她正轻轻地给清瘦的裸肩扑粉；她头上的金发纹丝不乱；精心涂抹的红唇保持着微笑。因为她知道，这个漫长的仪式，从头到脚的精心打扮，只会让今晚的妙趣更上一层楼。

就是那欢乐之夜。露丝叹了一口气，心情复杂。

酒店房间的配备多么标致啊，她想。你需要的这里全都有，每一个细节都让人感到十足的舒适，无可指摘的雅致，真是奢华的标配。两张床一尘不染，铺得平整极了；两床之间摆放着台灯和电话；还有五斗柜、梳妆台、书桌和椅子（如果客人需要提笔写字的话）。面朝中庭有一排窗户，窗户下是一个巨大的蒸汽散热器，散热器的顶部是金属的。还有浅褐色窗帘、织锦睡衣、绛紫色的安乐椅、落地灯，以及高脚烟灰缸这样让人讨厌却实用的东西。此外，还有偌大的空荡荡的衣柜、浴缸、地砖、大毛巾、小肥皂、热气腾腾的洗澡水。

这个令人愉悦的舒适的房间里到处摆放着他们要用的东西，乱七八糟的，倒也无妨。她的玫瑰色晚礼服在衣橱门上的钩子上晃荡着，彼得的箱子放在行李凳上，箱子打开来翻得乱糟糟的，箱子里的东西摆了一床。五斗柜上也堆满了，在家里这些东西都是藏在抽屉里的。化妆用的粉以及烟灰落在地毯上，亮闪闪的。所有的灯都开着，亮得刺眼。

邦妮的房间里也是所有的灯都亮着，她的房间就在隔壁，跟这间一模一样，只是一个在左一个在右，那边的椅子是绛紫色，到这边换成了蓝色。

彼得关掉水，拿了条毛巾，穿上背心和西裤站在卫生间门口，西裤的背带还耷拉在屁股上。他八字脚站立，鞠了一躬，开始装模作样地逗邦妮："女士们、先生们……"

露丝深情地想，他多聪明啊！她转身，慈爱地看着邦妮，只见邦妮光滑的脸上泛起涟漪，她容光焕发，马上就要笑出声来了，露丝就喜欢看邦妮这个表情。

邦妮九岁了，她乌黑的眉毛向上扬起，跟彼得的一样。她穿着蓝色羊毛睡袍，两只胳膊抱着脚踝，耸着肩坐在露丝的床尾。她的兔子拖鞋一只踩在另一只上。她的黑头发梳成了粗大而柔顺的辫子，在露丝的手里，她的头发是那么鲜活而温暖。露丝的心觉得一紧，但很快，很快这种感觉就消失了。

彼得做了一个漂亮的手势，仿佛要从天上降火[1]，来见证他无言的激情，并向虚拟的掌声鞠躬。邦妮心领神会，松开脚踝，拍拍手，却失去平衡绊倒了，她咯咯地笑了起来。

"你瞧！"彼得一边说，一边戳了戳床上的邦妮，挠她痒痒，"快去！干掉他们！"

"彼得，"露丝又害怕又好奇地说，"你知道演讲说什么吗？"

---

[1] 在《圣经》中以利亚曾经祈求神从天上降火，向众人证明耶和华是真神。

"嗨，我知道要怎么做。我会站起身，稳稳当当地站着，张开嘴说话。我肯定知道自己要说什么呀。我还不知道我要怎么表达，如果你指这个的话。"

"唉，彼得！"她吸了口气。她不明白怎么会有人做演讲这样的事情。一想到演讲，她的心就怦怦直跳。

"别误会，"彼得说，"其实我很害怕。"

她知道他害怕。她知道，就算害怕，他也会发表演讲，而且还会讲得不错。她也知道，自己的紧张、对他的无条件支持对他有好处，就连她自己的害怕也能成为一个渠道，帮助他排遣掉一部分恐惧。

"……时间到了吗，亲爱的？"

"六点一刻。"他们迅速对视了一眼。她的目光里带着一丝忧虑，而他的深色眼睛里流露出一丝安慰。

他从床上拿起礼服衬衫，衬衫的纽扣是铆钉扣。"两位女士，谁愿来帮我扣扣子？"

"我来！"邦妮尖叫着，于是彼得坐在床脚硬邦邦的床板上，"爸爸，为什么你的衬衫明明从后面扣，却装作从前面扣？"

"文明使然。传统的就在前面，商务装在后面。你扣好了吗？"

"好了。"邦妮费劲地说。她从来没有质疑过彼得的话。

工作，露丝闷闷不乐地想。

"彼得,"她说,"我希望你知道我怎么看你妹妹贝蒂的!"

"我想不出来。"他马上说。

"工作,"露丝阴沉地说,"她有个工作约会!在周六的晚上!我倒是觉得她和哪个帅哥有个重要约会。"

"说不好。"彼得小心翼翼地,淡淡地说。

"我不明白她怎么能放我们的鸽子!你说呢?她真的不来吗?"

露丝又一次听到电话里传来贝蒂尖声尖气、矫揉造作的声音:"……太抱歉了,亲爱的。当然,如果你实在找不到人,我就不去了,我会去你那儿……但我想,说不定,要是你能……"露丝又惊又气,又一次呆住了。

重要!贝蒂·琼斯,就这么个小蠢妞有什么重要的工作约会?才来纽约半年,她找了个什么工作?一周能挣五十美金的工作?在周六的晚上,贝蒂·琼斯到底能做什么重要工作?

其实,多年来,露丝一直都特别讨厌她小姑子的态度,但又无法改变。小姑子对露丝一直有一种无知的偏见。她觉得露丝的生活已经完了。唉,露丝和普通人一样被生活埋没了,单调的石碑上刻着"家庭主妇"几个大字,唉,这单调可怜的标签。一切都无济于事,只能等待,等着某一天……

"我们会尽力找的,贝蒂。"露丝非常冷漠地说,挂了电话,转过身,一脸愁容地对着彼得。要是只能去求她怎么办？要么，就不去晚宴了？

不过，彼得已经把这个问题解决了。他到酒店的大堂和过道兜了一圈，耍了些手段，就把这个问题解决了。露丝给贝蒂回电话，冷冰冰地说："就不劳驾您了……"

"可是她怎么能这样呢，"露丝喃喃道，"她明明知道……"

"别动，爸爸。"

"不好意思，宝贝儿。露茜，你看，妹妹已经完全进入职业女性的角色了。你知道的，总有一天……"两人对视了一眼，彼得眼里闪着满足的光芒，继续说道，"另外，我想，她觉得这次会议没啥大不了的，不就是一群乡下编辑聚在一起吃玉米嘛。一群乡巴佬开会，对吧？"

"行了！"露丝气愤地说，"你总会替她着想，可她会替我们着想吗？今晚的宴会、你的演讲，都是几周前就安排好了。如果我们找不到人怎么办？"

"她也说了，如果我们一定要她来，她就会来呀。别难过啦。"

露丝咬住嘴唇。

"别发愁了，灰姑娘，"彼得笑着说，"你应该去参加舞会了。"

露丝眨了眨眼睛，他说得没错……不必难过。她踢掉拖鞋，俯身穿上晚宴鞋，她感觉到自己的头发轻柔地拂过赤裸的肩膀。"哦，金色舞鞋……"彼得吹着口哨，露丝看到他身后的邦妮正一脸严肃地张望着。

对她来说，露丝又回到了原先的节奏上。她提起漂亮的双脚，慢慢地，郑重其事地把脚伸进金色舞鞋中。

彼得两只黑眼睛闪闪发亮，他说："姑娘们，你们知道吗，有一天，谁会穿上金色舞鞋去参加舞会？"

"邦妮·欧·琼斯。"露丝立刻说。

"谁会穿着卧室拖鞋坐在那里看着她？"

"你和我。"露丝说。

他们相视一笑："我们会变老的，不过没关系。"

邦妮一本正经地问："我的保姆很快就来吗？"

彼得捏了捏邦妮穿着毛拖鞋的脚趾。"很快就来。你要睡在你的房间里，房间里有两张床，想睡哪个就睡哪个。早上你要做什么？"

"打电话。"邦妮说。

"说什么？"

"我要客房服务。"

"然后呢？"

"我是邦妮·欧·琼斯小姐，请给我送一份早餐。"

"哪个房间？"

"809房间。"邦妮兴奋得脸红扑扑的，又重新说了一遍，"'我是809房间的邦妮·欧·琼斯小姐。我想要一份早餐。'如果他们不知道我在说什么,我会说,'那是我爸爸彼得·欧·琼斯先生昨晚点的。'"

"送餐的人敲门时你怎么办呢?"

"我会打开门,迅速跑回床上。"

"这就对了。钥匙插在你的门上。然后他们会把餐车[1]推来。"

"爸爸,这不是真正的马车。"

"是的,我承认,没有马,这只是一种手推餐车。餐车上有一大摞银餐盘,橙汁里的冰比你以前见到的都多,多到足以做四个大雪球。接下来你就要吃早餐了,糖和奶油想加多少就加多少。过一会儿爸爸就会醒,爸爸就要起床了。"

"就在明天,"露丝说,"你要去魔法餐厅。"

"我才不信呢!"邦妮嘴上说着不信,脸上却泛起了涟漪。

"哦,你不信,邦妮·欧·琼斯小姐?好吧,等着瞧吧!"他们三个人的中间名首字母都是欧。露丝的中间名叫欧尔森,这个巧合让彼得十分高兴。彼得说,叫琼斯的人就得做点什么。彼得·欧·琼斯,他一直都是。现在,邦妮的名字也是一样,学校的花名册上不止一次把她的名字写错。

"那里很像动物园,"彼得解释道,"有好多小玻璃笼子,有的笼子

---

[1] Wagon,在英语里既有餐车也有马车的意思。

里是热乎乎的肉饼，有的笼子里是沙拉，你只要投入五分钱硬币，然后就等着看魔法吧。"

"可你得先有五分钱。"邦妮机灵地说。

"嗯，是的，"她爸爸说，"在过去就是用魔杖，现在，当然了，就是五分钱硬币。"他微笑着说，已经开始整理衣领了。

"彼得，"露丝突然说，"你相信那个开电梯的小伙子吗？你相信他侄女吗？她会来吗？"

"当然会了，"彼得皱着眉头，"要不然他为什么说那些？"

"我不知道……"对露丝来说，房间似乎在晃动，这个明亮的箱子似的房间像是在梦里一样，连带下面的整个城市也变得不真实起来，城市里的人也都像幻影似的。

"她说她很乐意。"彼得说，"首先，我和那个棕色皮肤的人谈起过，就是那个长得特别漂亮、特别客气的那个，还记得吗？但是她——哎——她没空。所以这个埃迪无意中听到了我们的谈话，他主动提出来帮忙，他说，很乐意挣点外快。"

"这需要五分钱……？"露丝喃喃地说。

"爸爸的魔杖。想象一下，亲爱的。这个埃迪开同一部电梯十四年了。你知道他是谁，对吧？"

"我想……"

"他住在布朗克斯区。他跟我说他没有孩子,他也会很乐意告诉你的。他说到自己老婆时很深情,她一定是个贤妻吧。现在,这个女孩……他的哥哥死了,他们似乎是出于好心收留了这个女孩。"说到这儿,彼得吸了吸自己的腮帮子,"他开了十四年电梯了,上上下下,现在他还在开电梯,好像一门心思要把这个活儿干得无可挑剔似的。我觉得他们太无聊了。对了,你的头发得弄卷点儿。想知道他一周能挣多少吗?"

露丝舒了口气。刚刚那种完全不真实的感觉突然消失了。当然,开电梯的那个小伙子,他是真实的……是实实在在的人,有他的生活,有老婆,要养家糊口……还有兄弟姐妹,跟其他人一样,还有一个侄女要养。毕竟,这就像家一样。你需要人,你都问了一圈了,这就像你跟约翰斯通家的人打听,人家跟你说他家的保姆都没空,但是他们认识谁谁谁一样。就这样你顺藤摸瓜,不一会儿就挖到了你要找的人。人们就是这样,互传信息,彼此效劳,全世界都这样,真的。

"他的侄女是从中西部来的,"彼得说,"他说她经验丰富。我想既然不是新手,我们总得付点钱吧。"

露丝立即想到,与其免费占用贝蒂的时间,不如花钱雇人,她微笑着伸出手,把钱递给他。

"哇,十二美元呢!"她丈夫说。

"十二美元五十美分,别忘了!"露丝取下香水瓶塞,用她昂贵的香水擦了擦肩膀。

彼得弯下腰猛地吸了一口气。他凑到她耳边说:"两个对称的牙印好看吗?"她看到镜子里的自己哈哈大笑起来,彼得那黝黑、热情的脸贴在她的金发上。

"……让我闻闻。"邦妮说。

于是一袭美裙的露丝转过身,握着邦妮那胖乎乎的小手,让她摸了摸自己涂了香水的肩膀。"好香啊!"邦妮说着,像她爸爸那样狠狠地闻了一下。

露丝低下头,透过黑发看着白净的地板。突然,她看到了他们那两个相连的房间,就像两个明亮的盒子,位于这栋环形建筑的八楼上,高悬在城市上空。越来越大的噪音像烟雾一样把他们笼罩其中——汽笛声、叮咛咣啷的声音、喊叫声、喃喃声、喧嚷骚动之声……她又觉得心里一紧。她想,我们不可能把她丢在两千英里外的地方……但也不该把她带来……但我们不可能把她丢在……

大华酒店大小得当,价格不算便宜,但也谈不上昂贵,再说一句,它也并不落伍。这个酒店有一种保守风格,并且小心而低调地保持着这种风格。酒店走的是中庸的路子,就连电梯,也是以缓慢的速度来保证平稳地运行。

埃迪·门罗让电梯在八楼停了下来。一个年轻人走进电梯,马上转过身面对电梯门站好。他们随着电梯静静地下行。

他俩用眼角的余光迅速打量了一下彼此。埃迪看到年轻人风度翩翩，个子高高的，骄傲地昂着头，就连他的平头发型也带着几分傲慢。他英俊的脸棱角分明，鼻梁修长，鼻头泛着淡淡的光泽。他有一双目光清冷的灰眼睛，睫毛修长，在这张年轻骨感的脸上几乎算是优美了，不过却显得孤傲冷漠，一副无欲无求的样子。A 型人。这是那一类年轻人，战争后期成长起来的，带着一股子冲劲儿，就好像他们突破了人类的不确定，直接瞄准并冲向他们非常确定的未来的某个目标。

他的名字叫杰德·塔尔斯。这是他在纽约的最后一晚，约了人吃饭。

要是他的余光瞥到了埃迪·门罗，他就会发现埃迪是个小个子，他的肩膀往后展开，挺起窄窄的胸膛，体态僵硬。他脸色苍白，长头发也是，毫无光泽地趴在有点秃的头上。他浅色的眼睛频繁地眨着，就好像他对什么都不确定似的。

电梯平稳地停在了一楼。杰德把钥匙放在前台，一步也没停，大步流星地走出了酒店，走进了夜色中的城市。

埃迪紧张地扫了一眼安静的酒店大堂。他对身旁的男孩说："我得打个电话，你来看一会儿，好吗？"他手里握着一枚五分钱硬币绕过墙角跑开了。

"玛丽？"

"是我，埃迪，怎么了？"电话里传来他妻子平静的声音。

"她走了吗？"

"嗯，当然，她走了。"

"走了多久了？"

"走了很久了，"他的妻子说，她说的每句话都透露着安慰，"别担心，埃迪。"

"她坐地铁去的？"

"当然了。"

"听着，玛丽，我觉得下班后我应该留一会儿。他们可能会晚回来。那人说，有个很大的舞会。行吗？"

"没问题。"

"我觉得我该留下来带她回家，你说呢？"

"这个想法不错，埃迪。"

"你真的认为整个想法都不错吗，玛丽？是不是她可以赚点钱？你也这么想吗？让她去吧？"

"当然可以了，埃迪。"

"她——嗯——挺乐意的，是不是？"

"她当然乐意了。"

"嗯……嗯……"他不想挂掉电话，他舍不得电话那头的玛丽和她的声音。她当然乐意。

"喂，埃迪……"

"嗯？"

"我可能会去看演出。马丁夫人说她要和我一起去。"埃迪在电话亭里扭了扭身子，飞快地眨着眼睛。他妻子的声音继续说道："就是我们觉得最好不带她去看的那个演出，你想起来了吗？"

"嗯，想起来了。"

"所以我觉得，我该走了——我终于逮着机会了。"

"哦，好吧，去吧，当然要去了。"

"别担心，埃迪，"玛丽安慰道，"我回家可能比你和内尔早得多。"

"肯定的，肯定的。"他说。他隔着电话听到妻子的轻叹。"去吧，"他果断地说，"玩得开心点啊。"

"没事的。"她告诉他。

他绕过墙朝他的车走去。他的目光穿过酒店旋转门，抵达大堂深处。他展开双肩，挺直身子，看上去好像非常有底气似的。

在807房间，露丝把玫瑰色的轻薄的裙子从衣架上拉下来，熟练地穿过头顶套下来。彼得有力的手指为她拉上后面的拉链。她向观众行屈膝礼。

"真有点儿像公主，"彼得颇有见地，"你不觉得吗？"

"的确像。"露丝庄重地说。

露丝吻了吻彼得的后脖子。"来吧!"她大声说。嗨,他们在表演呢,如果观众很开心,他们也会很开心!

"啊哈!"彼得用双手做了个准备动作。他拿起自己那件可笑的衣服。露丝赶紧走过去帮他拿着。彼得扭着身子套上衣服,拍了拍飞起来的前襟。

"你还说这是尾巴!"她抬高了甜甜的声音说道,还带着点嘲讽。

"你觉得这不像尾巴吗?"彼得说。他把手背在外套后面,突然蹲下身,大摇大摆地像喜剧演员格劳乔·马克思一样走起来,拍打着尾巴。

观众们前仰后合,笑成一团。露丝眼里,邦妮并不是一个多么漂亮的小女孩,不过她笑起来真是美极了!让人一见倾心!

露丝自己深吸了一口气说:"彼得,嗨,别闹了!"

"欧·琼斯。"

"喂,别闹了!我的睫毛膏要弄花了。哦,天哪!"

这个特别之夜漫长而甜蜜、缓慢而故作庄重的穿衣秀,达到了欢乐的高潮。

有人在轻轻地敲门。

有什么东西让露丝一瞬间感到心里一紧,很快,很快她又放松了,但她的心似乎还是忐忑不安。

第二章

"琼斯先生,我们来了,先生。"埃迪眨巴着明亮的眼睛,探头进来,就像从门口钻进来了一只老鼠。

"哦,对,埃迪,真准时,你好,请进。"

"这是我侄女,内尔·门罗。"内尔也进来了。

"你好,内尔。"彼得的"尾巴"是晚会演讲者的优雅装束。露丝,这位亲切的年轻主妇,也朝他们走过来。房间里的激情平静下来了。

"晚上好,内尔,"她说,"你这么快就来了,真是太好了,你离这儿远吗?"

"坐地铁花不了多少时间。"埃迪说。他的喉结上下耸动着,他站直身，瘦削的肩膀向后硬挺着。"真的不用花太长时间。她直接就来了。"这似乎让他颇为得意。

那个叫内尔的女孩一句话也不说。她看上去 19 岁，或者 20 岁。她端庄地站着，两个脚踝紧紧地靠在一起。她穿着一双很旧的黑色中跟浅口鞋，垂着头，眼睛看着脚下。她头发的颜色跟狮子皮毛一样，剪得短短的，不太卷；没戴帽子，穿着一件样式保守的海军蓝外套，衣服对她来说有点大了。她双手交叉握着一个黑色的手提包，指甲上干干净净的，露丝看到这个很开心。然后她嘲笑自己有点怪，把人与指甲油联系在一起，毕竟，她自己的指甲总是有光泽的粉色，跟她的裙子一个颜色。还有……

"你不脱掉外套吗，内尔？"

埃迪说："把外套脱了，内尔。去吧。"女孩脱下外套，里面是一件整洁的深色丝裙。她把外套放在胳膊上，好像不知道该拿它怎么办似的。

"把外套放在这里，好吗？"露丝小声说，"还有你的包，也放这儿吧？我想你以前照看过小孩，内尔？"

"是的，她在印第安纳州的时候做过保姆，"埃迪说，"做了很久，不是在这里。她大约半年前才到东部。"

"是吗？"

"她现在和我们夫妇俩住在一起。她是我哥哥的女儿……"

"内尔,你喜欢这里吗?"

"她很喜欢,"埃迪说,"我们的公寓足够大,她来了也住得下。她来我们家我妻子很高兴。"

这女孩是个哑巴吗?露丝心想。埃迪紧张地插话,好像在帮这个蠢蠢的固执的女孩打掩护似的,而她自己却在一边袖手旁观。好像埃迪就该不停说话,熬过尴尬的沉默。

埃迪说:"我想说,我会待在酒店里。我的意思是,我就在这儿,行吧,所以要是你们回来晚的话,你们也不必担心。"

"我们也许不会很晚。"彼得平静地说。他这话听上去,就好像在说,你说什么?他一只手里拿着一条毛巾,正用力地擦他那双晚宴皮鞋的脚尖,擦得锃亮锃亮的。

"我的意思是,"埃迪眨了眨眼睛,"我可以带内尔回家,行吗?"

彼得抬起头,慢吞吞地说:"你太好了。"

露丝听出他话音里的惊喜。送保姆回家是最让已婚男人恼火的一件事。"不过,当然了,我可以送她回家的。"彼得得意地说。

露丝这时转过身来。她觉得那女孩低着头,眼珠子却在滴溜溜地转呢。她赶紧趁热打铁地说:"邦妮宝贝儿,来。内尔,这是邦妮。邦妮,这是内尔。"

"你好。"邦妮说。

"你好。"女孩说。她的声音低沉，但至少她不是哑巴，她会说话。

"您看，我妻子打算去看演出，所以我应该会在附近等着。"埃迪说。吞口水的时候他瘦削的脖子上的动作很显眼。"我们在想，这对内尔来说可能真的是一个好主意。这里很多客人都带着孩子，而我也在这里，嗯，应该会很顺利。"

他没有回电梯的意思。这就是个紧张的小男人，不停地跟别人做解释，但其实人家根本不在乎。他太想把事情做好了，是那种很有责任心的人。

"邦妮，我们带内尔看看你的房间吧？"露丝领她们走过去，"看，这扇门可以只开一点点，邦妮睡觉的时候不喜欢有光。内尔，我想你可以待在我们的房间里，那样你会更舒服点。"

邦妮走在他们前面，进入809房间。她躺到一张床上，把一条腿悬在床边，床上还放着家里带来的毛绒小狗。

"也许她现在应该早点睡觉了。"露丝温和地说，"她兴奋一天了，明天我们还有各种各样的活动。也许你可以给她读一个故事？要是你不介意的话。"

"好的，夫人。"内尔顺从地说。

"这个主意不错，对吧，邦妮？"这样的对话真累，就好像在推一个很重的东西似的。露丝灿烂地笑着说:"你看看内尔要不要来点糖果。"

邦妮拿出糖果盒,照露丝教她的那样,优雅地稍稍欠身,把盒子递给内尔。内尔说了句"非常感谢",接过了糖果盒。露丝觉得心里轻松了。她肯定不错。她肯定善解人意。没有哪个成年人会那么喜欢糖果。她肯定只是为了让小孩开心,才装出很想要的样子。

"不客气。"邦妮友好地说。

露丝觉得轻松多了。"邦妮是个大姑娘了,"她继续说,"其实你没有什么要做的。"她发现埃迪和彼得还在身后交谈,"当然了,邦妮的卫生间在那边。"露丝走过去把两张床之间的台灯调暗一点,没有关掉。她指了指809房间通往走廊的大门,说:"这扇门肯定是锁着的。现在,邦妮要再吃一块糖,然后刷牙,听你讲故事,我想到那时她就会很困了。"她摸了摸小女孩的脸蛋,小丫头正嚼着糖果。她回头看看连接处的门那边。

埃迪提高嗓门:"好的——嗯——也许我偶尔会去看看内尔,如果你们不介意的话。"

"当然不介意。"彼得拿起钱包。露丝从彼得的背影看出他很气恼却又无可奈何。"好——嗯——非常感谢。"

"不,先生,"埃迪看到钞票,连忙往后退,"不,我很乐意这么做,先生。这对内尔来说是个好主意。您只要付钱给她就行了。一小时50

美分,这样就行了。说好了的。内尔有机会挣点钱可开心了。这样对她很好了。所以——嗯——"他有些胆大地望着彼得身后,"你们可以走了,晚安。"

露丝猜想他在和自己说话。"非常感谢,门罗先生。晚安。"

"晚安。嗯——晚安。琼斯先生、琼斯太太,祝你们玩得开心。"他摆着手,像在告诫他们。终于,他把手放下来,走了。

"这样行吧,露丝?"彼得有点不耐烦地说。

"等一下,内尔!"女孩听到叫她,挪了下身子。露丝听到邦妮刷牙时发出很大的声响。"彼得,你介意查一下电话号码吗?我们要去哪里?能联系到我们吗?我们把电话号码放在这里,内尔,如果有什么事,嗯,你可以打电话给我们。记住,找彼得·欧·琼斯,别忘了'欧',否则要花很长时间在一大堆叫琼斯的人当中找。"她笑着说。

内尔毫无幽默感地说:"好的,夫人。"

露丝把807房间的灯关掉,只留下落地灯,灯光洒在那张大大的绛紫色椅子上,两张床之间的小灯也开着。"这样就行了,内尔,"女孩点点头,"要是你想看点什么,这里倒是有很多杂志。这里有糖,别客气。要是你想睡了,你必须在这里睡。我相信这样没事了。哦,对了,"她小心翼翼地降低了声音说道,"也许你最好用这个卫生间。还有什么我忘记交代了吗?"

一袭华服的露丝站在那儿,微微皱了一下额头,她感到不太满意。这姑娘说话太少了。不过,她又有什么好说的呢?露丝不耐烦地想,有什么事情……任何事情都可以,能表明她有用呢?"你还能想到什么吗?"露丝提醒那女孩。

女孩抬起了头。她的脸盘很宽,两眼之间距离较远,颧骨高高的,眼睛大大的,有一点斜视。她的下巴又小又尖,有一张小巧的嘴巴。她没化妆,皮肤带着一种奶油色,泛着桃红。

露丝吃了一惊,心想,这姑娘长得不错。事实上,她长得也许算得上让人惊艳了,还带着一种奇怪的挑衅的感觉。她现在站得更直了,没有之前那样畏畏缩缩地弓着腰,所以即便她的衣服不合身,也能看出她的身材很好。她的眼睛是蓝色的,不过蓝色太多了,就好像瞳孔太小了似的,黄褐色的头发散落在耳朵上,但露丝注意到她的耳朵很小,紧贴着脑袋。

"我想你考虑得很周到了。"内尔说。那张小嘴似乎挤出了一个勉强的很不情愿的微笑。她的牙齿长得很整齐。

露丝注视着她。有那么一瞬间,她寻思着,在刚才那句平淡无奇的话里,是不是隐藏着一些恶作剧的成分,是不是带着一丝戏弄和嘲讽。

"该走了。"彼得精神抖擞地走过来说,"这张纸上有电话号码,内尔。让他们呼我们。我觉得也许你不需要。我们可以打电话,所以如果电话响了……"他轻轻敲敲电话桌上的纸条。他轻快地向衣柜走去。对露丝来说，整个世界似乎又回到了原来的样子。

邦妮蜷缩在连接门边上，嘴唇上还残留着牙膏。

"快上床，宝贝，"露丝说，"内尔会给你读一会儿书。"

露丝站在暗处，看着她们……邦妮脱下睡袍，爬上床，把被子掀开，辫子甩到身后……她看着女孩走近，试探着，有点不安地坐在床边。灯光照亮了她的头发。

突然，邦妮说话了。

"给我读一读珍妮和双胞胎的故事吧。"她把书扔给女孩。

"好的。"内尔顺从地说。

露丝转过身去。她匆匆忙忙地把东西放进她的晚宴包，有手表、粉饼、手帕、发夹、口红。她的心跳得有点快。

彼得静静地站着，穿着大衣，露丝的天鹅绒披肩搭在胳膊上。她走过去，接过披肩。她抬头看着他，一言不发地，像是在问"没事吧"。他一言不发地回答，当然，会有什么事？披肩搭在她手臂上，软软的、凉凉的。

"有埃迪盯着呢。"彼得在她耳边小声说。她马上意识到，是呀，有埃迪呢。埃迪在这里工作了十四年，他可不敢把事情搞砸。他不会搞砸的，而且要是出了差错，他得负责。他会一丝不苟地盯着。实际上他们雇的人是埃迪呢。埃迪一定会很小心的。

彼得大声说:"我们要好一会儿才能穿过城。"说着,他们一起走进另一个房间。女孩正在读书,她的声音很小,很平,一个字一个字蹦出来,没有断句。她读起书来就像个小孩。

"舒服吗?"露丝轻轻地说,"晚安,邦妮。"她轻轻吻了一下邦妮温暖的小额头。

彼得说:"别忘了你的早餐。再见,亲爱的小糖包。"

"再见,爸爸。好好演讲。"

哦,上帝保佑她!她妈妈想。上帝保佑她!

"我看看我能做些什么,亲爱的。"彼得温柔地说,像她一样感动。

女孩坐在床边,手指停在刚读到的地方。她看着他们走了。他们走出807房间时,露丝听到内尔低沉的声音,她又开始吃力地读起来了。

露丝人走出了房间,到了走廊上,心还没有完全离开。她的心还在房间里,那个整洁、昏暗、安静的房间。灯光灭掉,满怀爱意的欢声笑语散去之后,邦妮感觉怎么样?难道不是所有的欢乐都戛然而止了吗?露丝的心有一部分早已坠入黑暗。她听到下面城市的奇怪的喧嚣声。她知道,就算在夜里发生了什么事情,邦妮身边也只有一个雇来的温柔的陌生人。

彼得把手放在她披着天鹅绒的肩上。电梯来了。(不是埃迪,露丝很高兴。她再也不想听到埃迪说"玩得开心,伙计们,玩得开心"。)

她一想到这就发抖。她知道彼得想要什么。她努力让自己镇定下来。(邦妮九岁了,邦妮会睡觉。)她把散漫的思绪拉回来,站在电梯旁,现在她打扮得恰到好处。她抬头看着彼得,向他表明她现在很好。

就是今天的盛大之夜!终于等到了!

第三章

杰德·托尔斯在东三十六街约会对象的公寓接到了她。她叫林恩·莱斯利，她不只是约会对象。她在杰德的约会名单上取得了优势地位。实际上，她就排在最前面。林恩身材苗条，皮肤黝黑，有一个可爱的鼻子，喜欢斜着眼睛看人，但她既不是偷偷摸摸的，也不是在调情，而只是单纯地表示开心。

他认识她有一年了，或者还更久，但直到这两周，他才频繁地约见她，业余时间两人都在约会。这事儿很容易就发生了。从"明天见，问号"到"明天见，句号"再到"明天我们做什么"，一路顺畅，自然而然。他们很开心。为什么不开心呢？不过，明天，杰德就要动身前往西部，直达西海岸，事实上，他要在新的岗位上工作一段时间。今晚就是他们约会的最后一晚，杰德没有细想，就觉得今晚他要果断一点。

也许这不是他们在一起的最后一晚，而只是他们分开前的一夜。他不知道，他没有故意拖延，他只是还拿不准。

他俩都没穿晚礼服。林恩穿着一件毛茸茸的蓝色外套，大口袋，大纽扣，后脑勺那儿有一个小小的蓝帽子。他们决定走走。不过他们不知道去哪儿，两人都有点犹豫，不过很开心，还没有一丝告别的迹象。林恩连蹦带跳，最后杰德放慢了脚步。他们走进了深邃的夜色，可能去看演出，也可能不去，看情况。在第三十九街，第五街以西的街区，一个乞丐凑上来搭讪，惨兮兮地对姑娘说："行行好吧，小姐？"

"哦……杰德？"她一动不动地站着，心里充满同情，她自信地抬眼看着杰德。

"抱歉……"杰德抓住她的胳膊，拽着她走开。他凑在她耳边说："是骗人的。"他的话音在她身后渐渐淡去，在寂静的夜晚中还能听到，因为城市的噪音像雾一样，远处更浓，身边还稀薄多了。

她拖着脚慢腾腾地走："你怎么知道的？"

"知道什么？"他很惊讶，"天哪，林恩，成熟点吧！那老家伙在银行里的存款有可能比我们这辈子见到的都多。"

"你才不知道。"她固执地说。

他吃了一惊，停下脚步。他隐隐觉得之前的鲁莽也许破坏了她的心情，她没有那么欣喜了。他有点不耐烦，说道："嘿，你看，我当然不知道，但很大概率我说得没错。你知道的。而且我不喜欢被人当成傻瓜。现在，林恩，我们翻篇儿吧，如何？"

她欣然地走着。他开玩笑地说："不过你会上当的,对吧？老好人！"

"万一他真的需要帮助呢，"她低声说，"我情愿被骗25分钱。"

"别这样了，"杰德嘲笑她，"你真多愁善感！"

他推着她进了一家餐馆。"这里怎么样？"杰德以前来过这里。这里的东西味道不错。他不是在臆测，他很抱歉打破了愉快的氛围。所以他本能地想换个环境，用食物和饮料来挽回他俩的一切。

他们坐下来，杰德点了晚餐。林恩咬着下嘴唇，眼眸低垂。他们的鸡尾酒上来了，他对她举起酒杯，她笑笑说："我没有多愁善感，杰德。我不是那样的。"

"没有吗？"他真希望她能把刚才的事情翻篇儿。他，自己，已经把刚才微不足道的一切抛之脑后了。"喝点儿吧,亲爱的。"他对她笑笑。他一笑起来，脸上的冷峻消失，只有深情的关切，这副表情让人动容，而杰德对此并不自知。但是他肯定知道,他的提议往往都不会遭到拒绝。

但是林恩冷冷地说："你太容易怀疑别人了。"

她的声音很温柔，但杰德觉得她的眼神里正酝酿着暴风雨，这点燃了他的怒火。

他镇静地、温和地说:"我没想到你那么幼稚,林恩,我真没想到。"

"我就不明白,25分,或者就10分,会让你有多疼。"她说着,小心翼翼地流露出一丝蔑视。

"看在上帝的分上,省10分钱吧,"他嘲弄道,"林恩,我们不要为这个吵架吧。"

"好的。"她在桌布上来回推着酒杯,笑道,"但你确实把人往最坏的一面想,对吧,杰德?我……已经看出来了。"

"当然,"他呵呵笑着说,"在我看来,你真是好极了。"

他开心地表达对她的赞赏。

她喝了一大口饮料,放下杯子,望着房间的另一头,说道:"我想我不会喜欢抠门儿的愤世嫉俗的人。"

"抠门儿!"他发飙了。女人就是让人受不了!他约了个什么人哪!他意识到自己肯定怎么伤害到她了,但他也知道自己不是故意的。他说:"天哪,这真是我这辈子最惨痛的教训了。我讨厌跟你说我对此付出的代价。"

他还是非常吃惊。

"你不相信……"她开口道,她的嘴唇在颤抖。

"不相信!"他讥讽地说,"听着——哦,宝贝!我信什么,你信什么,都没什么要紧。林恩，亲爱的，你迟早会明白这一点的。唯一的区别只在于你舒服与否。其实，我只是不想被人耍而已，而且我也不想自己愚弄自己。"她抬起眼睛。他冷静地说："这是一个相当肮脏的世界。"

"是吗？"林恩说。

他恼了，干脆说："除非你没有注意到你不聪明。"

"那你会怎么做？"

"管好你自己。照顾好你自己。你要知道没人会来管你。老天，翻篇儿了，好吗？谁要认为自己能拯救世界的话，谁就还没断奶。你不是小孩子了，应该知道这点。"

"如果每个人都想办法……"她说道，看上去很不开心。

"难不成你喜欢童子军类型？"他来激她，"阳光男孩？"

"不。"

"漂亮男孩？老明星？"

"别说了！"

"好吧，"他说，"我不装模作样和你玩过家家了。"他的怒气消了，又对她微笑示好。

"我不想让你这么做，"她说，"我想知道你对事情的看法。"她的声音又低下去了。

"但你认为我的想法并不怎么样吧？是吗？"他说，他原本不想这么挑衅的。

她摊开手。

"嗯……"他耸耸肩,"对不起,亲爱的,但在这个肮脏的世界里,有一个很糟糕的事情,人人都说自己向善向美,每个人都追求光明。但他们的左手知道他们的嘴在说什么吗?"至少,我是诚实的,他的眼睛在说,我对你很坦诚。"听着,我没想到会有人审问我的人生哲学。我觉得咱俩是在约会……寻开心,对吧?"

她轻启嘴唇。他从她的表情中看出,他们都知道这不仅仅是寻开心的约会。但她没有说话。

"去看演出吧?"他轻描淡写地说。他突然觉得,要是他们去看一场演出,他们也可能意见相左,没法走到一起。

她说:"在这个又脏又臭的世界里,你还有什么好指望的呢?"

"哦,这么说吧,我想要一个好女人爱我。"他轻轻地回答,因为他再也不想正儿八经地讨论这类事情了。可这时他很难过,因为他看见她的脸色变了,而他只不过是想跳过这个话题,却又一次伤害了她。"啊,林恩,拜托……我们在胡扯些什么呀?我们怎么才能不扯这些了啊?"

"现在要咖啡吗?"服务生问道。

"亲爱的,来杯咖啡如何?"杰德把手放在她的手上。

"好的。"她说道,不过她没有微笑。可在他看来,他握着她的手,要是能马上吻她,就什么都好了。

邦妮乖乖地听着故事,似乎妈妈读的时候更好听。爸爸给她读书时,也很有趣,但爸爸从来没有读完过一个故事。他总是跑题去解释,但他那些解释又变成了另一个故事。她静静地靠在枕头上,胳膊下夹着毛绒小狗,直到内尔停下来。这时,内尔看着她。邦妮说:"我想我得睡觉了。"

"好的。"内尔站起身,床垫上的凹陷又变平整了。

"我可以关灯。"邦妮友好地说。

"那好吧。"内尔说。她把书放到另一张床上,走到一边拿起糖果盒,又回头看了一眼,从中间那道门走出去了。

邦妮"啪"地关了灯,看着房间变成一团漆黑。她想知道窗户是否开着,之前内尔没有看。房间里太闷热了。邦妮不太确定如何开关百叶窗。她静静地躺了很长一段时间,但觉得应该先确定一下窗户是否开着,再去睡觉。她把脚伸出来,站在毛茸茸的地毯上。她摸索着窗帘细绳,过了一会儿,房间里响起一阵轻轻的嘎嘎声,百叶帘的隔板转了一个角度,现在,她能看见了,窗户是开着的。窗户开着就没事了。邦妮又钻进被窝。空气里还有灰尘的味道,枕头闻起来也不像家里的。

邦妮侧着身静静地躺着。

内尔把连通门虚掩着，然后一动不动地站着，歪着头，好像在听什么动静。她身后的809房间很安静。807房间也是一片寂静。她四下里看了看，只见那盏大灯照亮了窗户边，那里有一张大椅子，小灯照亮了两张床的床头部分，其余地方都是黑乎乎的。

内尔把糖果盒放在床上，走回来，悄悄地走到窗边，碰到了百叶帘。中庭太小了，很远和很低的地方都看不到。对面只有一扇窗里亮着灯。百叶帘遮住了三分之一的窗户，她只能看到一个女人坐在桌边，而且只能看到她的腹部。她穿着一条黑色连衣裙，系着一条黑白相间的腰带，腰挺粗的。别的没啥好看的了，住大华酒店的人，晚上大都不在酒店里窝着。

内尔转过身来，又悄悄走到807房间中央，一动不动地站着。不过她没有站很久。尽管她还是站在地毯的那个花朵图案上，但她跳起舞来了，随着重心的转移，她的脚跟轻轻地起起落落。她的臀部、肩膀和前臂，轻轻地转动。她跳着舞，手指舞动得最灵活。她无声地弹着指头，轻轻地扭着，下巴抬得高高的，头随着身体的微小摆动而摆动，在寂静的夜晚中转着圈。

她跳着舞，眼睛睁得大大的，充满生机，又十分警觉。她整张脸都生动起来了，狡黠，不再害羞了，一点儿也不矜持了。

过了一会儿,她踩着最小的舞步,轻盈地走出了地毯上的那个花朵图案。内尔突然扑到彼得的箱子边,她毫不犹豫,粗鲁地把手伸进箱子去探了个遍。彼得的手帕和领带就像沙滩城堡的沙子一样满屋子乱飞。箱子底下有一些信件和一个文件夹。内尔把信件和文件夹都扯出来,笨手笨脚地打开文件夹,里面的纸张都歪歪斜斜地滑出来了。她手里拿着空文件夹站着,低头看着手提箱里掉出来的文件。书信用一个夹子固定在文件夹上,她把信全都扯下来。很快她就对这些东西不感兴趣了,把所有的文件书信都随手一扔,好像这些东西只是废纸而已。她用一根手指一掀手提箱的盖子,手提箱立马就跌落在地。

她迈出三大步,就像舞者一样,一条腿站稳,另一条腿伸出去缓缓地画圈。她在梳妆台前的凳子上坐下来,仿佛只是不小心坐在那里。露丝之前关掉了两盏小灯。似乎内尔也不想再开灯。她开始翻露丝的首饰盒。露丝有三只手镯,内尔把手镯全部戴在左手臂上。还有两枚胸针,她把胸针从上到下别在裙子左边的翻领上。还有一串珊瑚色的珠子,露丝的三层珍珠项链,一条银吊坠项链。内尔把项链全都戴在自己脖子上。一对小小的绿松石银耳环跟其中一枚别针搭起来很不错,于是她也把耳环戴上了。她在黑乎乎的玻璃窗里很庄重又有点笨拙地看着自己的样子,笑了。她开始慢慢取下首饰,可她取下来的首饰并没有放回首饰盒。等桌面上堆满了这些东西,内尔似乎又没兴致了。

她还戴着耳环。

她慢慢地转过身来，滑着步子，就好像两条腿是连在一起似的。她踢掉自己的黑色高跟鞋。露丝的海蓝色高跟鞋就整齐地放在梳妆台下。内尔把脚伸进去，穿着这双鞋站起来。她盯着自己的脚，在房间里走来走去，渐渐地，走得越来越顺畅，越来越趾高气扬，到最后似乎她都要昂首阔步了。然后，她似乎忘记了一切，她走起路来轻盈自如，就好像这双鞋子一直就是她的一样。

她慢悠悠地吃了三块糖。

然后她又在梳妆台前坐下来，拿起露丝的香水。她扔掉附在塞子上的小玻璃吸管，用食指蘸了点香水，抹在耳后。她把食指放在鼻子下面，陶醉地吸了一口气，来回摆动着身子，一副如痴如醉的样子。小小的香水瓶从她左手滑落，砸在桌面上，瓶身倒了，香水流出来，打湿了首饰（去年的母亲节礼物，那十二块钱是彼得的，五十美分是邦妮的）。

内尔终于发现香水瓶漏了，可她面不改色。她拿起露丝的梳子去蘸香水，在洒出来的香水里抹了抹，然后开始梳理她的黄褐色头发。她把头发沿着耳后全部往后梳。现在她的样子跟先前不一样了。她的脸型，她的尖下巴，还有微微倾斜的眼窝，看上去更成熟、更时髦、更狡黠。

她又把梳子在脖子上抹了一圈。

她站起来,在两张床之间来回踱步,又一个转身躺倒在电话左边的一张床上。过了一会儿,她懒洋洋地抬起右臂,垂着手腕,晃着手,望着自己软绵绵的手指。

接着她坐了起来,用枕头撑着背,打开了那本厚厚的电话簿。她把书从大约中间的地方打开,眼睛漫无目标地扫描着书页。她举起左手,落在小字上,左手食指的指甲在纸上抠出了一个小洞。

她右手拿起电话,娇滴滴地请接线员接通电话。

"喂?"电话线的另一头响起一个男人的声音,从这个城市的某个地方传来。

"猜猜我是谁?"内尔用温柔的高音说。

"玛格丽特,你在哪里……"

"哦,不!不是玛格丽特!"

"那你是谁?"那个声音很烦躁,"我没有心情……"

"顺便问一下,玛格丽特是谁?嗯?"

"玛格丽特是我的妻子。"声音僵硬地说,"你有何高见?"

"哈!"

"你是谁?"

"弗吉尼亚。"内尔低声说,"你不记得我了吗?"

"我想你是打错了。"那个声音说道，他听上去又老又累，挂断了电话。

内尔吸了吸脸颊，她翻了几页，又拨了一个号码。

"喂？"这次是个女人。

"你好。哦，你好。班纳特先生在吗？"

"抱歉，他不在，"对方大声地说，"我是班纳特太太。"

"哦。"内尔毫不惊慌地说。她内心没有一丝波澜，冷冷地说。她歪着头，听对方的反应。

"我能带个话吗？"女人不那么友好地说。

"哦，亲爱的，"内尔开玩笑说，"你瞧，我是班内特先生的秘书……"

"据我所知，班内特先生没有秘书。"

"哦，"内尔说，"哦，天哪！你确定吗？"

"你到底是谁？"这回对方的声音听起来像是脸都气红了。

"只是一个朋友。你知道吗？"

"麻烦你说一下你的名字，好吗？"

"干吗要告诉你，才不。"内尔直截了当地说，然后咯咯地笑了起来。

那边"砰"的一下挂断了电话。内尔脸上浮现出一种幸灾乐祸的表情。

她伸了个懒腰，又对楼下的接线员说："打个长途。"

"请稍等。"

酒店总机那边的罗谢尔·帕克工作高效，此外诸事漠不关心。有好长时间她都在处理807房间接二连三的呼叫，对此她并无太多看法，自己心里都没犯一下嘀咕。她听到长途电话接线员和打电话人之间的一场争吵，争论的焦点是芝加哥是否有交易所。楼上打电话的人说话声很轻，罗谢尔在电话里听不太清楚，跟以前她听过的一些电话一样，不过她也听到了一些。而现在这通电话更费劲，听上去太安静了。

"天哪。"罗谢尔自言自语。她睁大了眼睛，扬起的眉毛都要连到刘海了。她突然觉得也许该跟客房探员帕特·佩林聊聊。她想，也许他们正在上面喝酒。有时候，人们喝过了酒，又继续打电话。

她决定不多管闲事。电话线那头的情况并没有破坏大华酒店难得的宁静。如果807房间的人要搞什么小动作，会有人去管的。

再说，电话账单也是宿醉带来的一个结果。

"嘿，好家伙。"她想着，咧嘴笑了。然后807房间突然不打电话了。

电话簿从床上掉了下来。内尔翻了个身，趴在床上看地上的电话簿。

她又起身跪坐着，打了个呵欠，听听有什么动静没有。她漫无目的地瞥了一眼半开的壁橱门，视线又落在了电话簿上……

第四章

　　大家都说，高个子穿燕尾服最帅气。露丝认为，虽然彼得·欧·琼斯不算太高，但他也是一表人才。今天晚上她还没见到比他更英俊潇洒的。他身材矮小健壮，挺直了身子，冷静地走在露丝身边。如果说他脸上的线条不那么好看的话，也比人们记忆中的样子强。

　　她也从舞厅走廊墙上的镜子里看见了自己的样子，她就像一个大美女一样款款走来。那件连衣裙在柔和的灯光下变得愈发华美，她真是太爱自己了，就连鼻子都那么美。不管怎么样，也许真的像他说的那样，至少像他说的那样，他们马上就要闪亮登场了。

　　她的手上涂了粉色指甲油，她把手搭在彼得左边的衣袖上，他挽着她的胳膊,拍拍她的手。他们现在就站在门口。大厅里到处都是黑人、白人、穿着艳丽的女士,鲜花,最打眼的还是那长长的白色主席台。

"彼得·欧·琼斯。"她的丈夫非常平静地对一个人说话,并微微欠身示意。他们跟着他走向主席台。露丝看到脚下的路敞开,身边的人一个个转过头来,就好像他们脚下撒满了鲜花似的。

有个人走到他们面前,伸出手,高兴地说:"您就是彼得·欧·琼斯吧?""能见见……""不好意思,先生,这位是……""您好!""琼斯太太……"大家都围拢过来,他们慢慢地一步步朝主席台走去。现在的彼得风度翩翩,这么多人都认识他,露丝努力保持步履平衡,努力记住那些人的样子和名字。太容易混淆了!太风光了!

杰德和林恩还坐在餐厅里。他们喝了咖啡喝白兰地,接着又喝咖啡,还抽了很多烟。他们都不想动,不想去看演出。他们想要解决问题,但其实也许永远也解决不了。他们需要知道这一点。现在,杰德体会到林恩的感觉了,这很重要。他俩现在都努力保持冷静。

他们差不多说完了,大都是局促不安地、拐弯抹角地说着上帝。

他说:"据我所知,上帝不是圣诞老人。你把他俩混为一谈了,亲爱的。如果你是好姑娘,圣诞老人肯定会奖励你,上帝可不一样。"他皱起了眉头。

"你根本就不相信上帝。"她疲倦地说。

"我可不会自寻烦恼。"他耸耸肩。

"杰德,我想说的就是这个,"她努力温柔地表达,"我该怎么表达呢,要是你给那个老人一枚硬币,我会怎么说呢……我会说你很体贴……嗯,随便你喜欢的措辞……你那样做我会很开心。他是不是真的需要那点钱,又有什么要紧呢?但是那对我们来说感觉会很好。"

"哦,胡扯,林恩,你完全是胡扯。"

"我没有胡扯!"

他的声音变小了。一直以来压抑的愤怒突然迸发出来:"太荒谬了!"

她的眼睛闪着光。他们一直在努力微笑。"我很高兴知道这一点,你认为我很荒谬。"

"也许知道这些倒是不错。"他冷冷地同意,"你说我抠门儿、愤世嫉俗,记得吗?"

"没准儿就是,"她没好气地说,"你就是这样的。"

"这不关我的事,林恩,"他尽力很理智地说话,"我没有义务把我的收入贡献给一个完全陌生的人,他什么也没为我做啊。"

"这无关责任,而是关乎善心。"

"那种发善心简直就是疯了。我该得多少就得多少……"

"人不能总是这样。这个世上就是有人很无助，而他们并没有错……"

"这个世界的游戏规则是，你有所付出，才有所收获。你不是三岁小孩了，应该知道这一点。"

"要是你没饭吃，没有地方住……"

"那我就去专门的慈善机构那里乞讨，他们知道什么叫作无助，而且我还要查一下这些机构是否真实存在。我永远不会指望街上的陌生人为我掏腰包。他凭什么要为我掏腰包？凭什么要相信我？反过来也一样。自己为自己负责，这就是我想说的……"

"不是的！人必须相信……"

"什么？"

"什么，有什么吗？"她发火了，"你为什么活着？"

"我怎么知道？又不是我自己把我放在这里的。所有愚蠢的——"

"我想你最好送我回家。"

他们都不说话了。

"为什么？"他终于开口了，他的眼睛亮晶晶的。

"因为这不好玩。"

"我为什么要送你回家？"他闷闷不乐，"你怎么不去找善良的陌生人？"

她盯着他,说:"你说得对。我什么都不为你做,或者说为你的自我。是吗?我现在就走。"

"林恩……"

"怎么?"她冷冷地说,起身把外套披在肩上。

"如果你回……"

"为什么不呢?你又没让我开心。你说的,没有免费的午餐。"

"要是你……"

"我知道。我们再也不会见面了。是吗?"

"恐怕就是这样了。"

"杰德,我并不想……"她有点松口了,让步了。

"那么,看在上帝的分上,"他恼怒地说,假设一切都结束了,"坐下,别像个小傻瓜一样说话。"

她侧着眼看他,一点儿都不开心。"晚安。"她平静地说。

他坐在椅子上,从烟盒里抽出一支香烟。"不是急着要钱吗?给。"他把一张五美元的钞票扔在桌上。

林恩抿紧嘴唇。他突然感觉到,他有一种揍她的冲动,就像一阵突如其来的狂风。然后他想她会哭。

但她走开了。

他坐着,盯着凌乱的桌面。真是这辈子最烂的约会!他保守地认为这只是一次约会。他怒不可遏,满腔愤慨。这是他在城里的最后一晚!在东部的最后一晚!最后一次约会!她就这样把他甩了!

这是为什么?他过于简单化地理解为因为他没有给那个老乞丐钱。简直……他坐在那儿,任凭心里怒火中烧。过了一会儿,他付了账,穿上外套。走出餐厅,他东张西望,可惜林恩并不在。

他双手插在大衣口袋里,快步走起来。他闷闷不乐地想,他看透了她的想法,也是件好事。他挺起了胸。所以……把她从约会名单上划掉吧。对,就这样。难道她看不出来他并没有伤害她吗?难道她不能承认他有点见识,有自己的想法,还非常诚实?不,她看不到,所以她走掉了。

但他今晚还得约会。该死,他的小本本(里面有他的交友名单)落在酒店了。他调转方向往北走。他没想到今晚还需要这个,他真的需要。他可以把手放在本子上,他的骄傲、他的证据、他的荣耀都在这里。塔尔斯要在今晚有一个约会,他不能被放鸽子!

杰德大步穿过旋转门。这门转得慢腾腾的,没有他走得快。他顿了顿,晃着身子,闷闷不乐地在柜台边摸索着钥匙。他一阵风似的上到八楼,开门、开灯、脱掉外套,然后去卫生间。

他拿着卫生间的镜子走出来,看了看四周,然后从包里找那瓶黑麦啤酒。他真的想不出名单上谁会让他感觉好点。还有进入正题前的各种敷衍。想起这些他就觉得没劲。晚上这个时候给任何女孩打电话，你都能听到她小脑瓜里的各种想法。"哦，要是我承认有空，是不是会显得我缺乏魅力？"她们都这样想，这些白痴。所以她会说她有约了。然后他说"别去，跟我走"，而且很清楚她马上就要去洗个头什么的。她会说"好的，那就不去了"。好假，一切都好假。但林恩不会这样。她太天真了，没法在这个世界上混。

他看着电话。要打电话给她道歉吗？但老实说，有什么好道歉的？他只是说了实话。他无法改变自己的立场。他们会重新开始，他们想法不同，而且还没有谁甩过塔尔斯两次！她会发现这一点的。

行了，别琢磨了。

他那一排窗户上的百叶帘没有放下来。他发现自己就像站在一个发光的舞台上，就好像也有人盯着他似的，有人在看他。

他走到面朝中庭的窗边。

他正从狭窄的黑暗深井里望着另一排明亮的窗户。对面那个房间就像悬挂在夜空中的一个闪亮的舞台。看不出背景，只有窗边周围亮着灯光。灯光洒在一名女子身上。应该是一个女孩或者一个女人。她穿着一件飘逸的蓝色或绿色的衣服。她坐在那儿，好像是"嵌"在窗户里，很可能坐在长长的散热器的平顶上。她低着头，能看见一头短短的黄头发，她似乎在看右腿膝盖上方某处，是吊袜带还是什么。她的右脚搁在散热器顶部。她屈膝,露出腿部优美的线条,蓝绿色的裙子从腿上垂落下来。

她没有向外看,没有看他。他确定她之前就在朝这边看。他知道自己的影子一定就打在了窗户上。他一动不动地站着,看着她,没有去拉百叶帘。他非常确定,她知道他就在这儿。

她的右掌沿着小腿的曲线缓缓移动。她转过头来,望着他。他没有动。

她也没有动。

她的手搁在脚踝上。她的衣服保持原样,从漂亮的膝盖上垂落下来。她抬起头来,看着他。

他们两个装模作样,故作姿态,两个人都在明亮的包厢似的房间里,他们意识到……这就像隔着中庭,他俩喊了一声"嘿"。

杰德感到自己在笑。他心中的愤怒变得更激烈了。这是干吗呢?为什么不呢?他想着,他来劲了,很兴奋。

第五章

女孩把手从脚踝上拿开,双手放在她身后的散热器顶部,身子朝后仰,胳膊撑着,一直看着他。她这副样子对他来说正中下怀。

杰德的脑子里浮现出酒店楼层的平面图,他在计算房间号。他的脑子里总是装着各种地图和平面图。他很确定那个房间号码是多少。他放下黑麦酒,举起两只手,让她看个清楚。他用八根手指比画了一下,然后双手弯成O形,最后用七根手指比画了一下。

她突然坐了起来,双臂环抱,转过身来,面对着他,歪着头,那姿势好像在说:"你这是什么意思?"

他拿起左手的瓶子,指指瓶子,指指她,又指了指自己。

她的下巴仰得高高的,头往后仰,像是在哈哈大笑。

他放下酒瓶,做出打电话的姿势。她一下子就明白了,她转过头来,看着身后房间里的电话。

她比画了一个"7"。

杰德从窗口往后退。他知道,在头顶耀眼的灯光下,她把他看得很清楚,也许现在更清楚了。他拿起电话,对总台的女孩说:"请给我接807。"

楼下,罗谢尔接通电话时,脑子里噌地闪出一个:"嗯?"她想起来了,哦,对,807,那人满口的脏话。现在呢?她推测821的人会抱怨。她有点来劲了。她听到一个男人的声音说"喂",这声音听上去直截了当,有点嘲弄的感觉。他不会抱怨的。罗谢尔最初的那一丢丢兴致现在荡然无存。她撇撇嘴,有啥了不起的,然后就不管了。

杰德还能看见那个女孩,床边的灯光照亮了她,她在接电话。他挥挥手。

"嗨。"他隔着电话线说。

她的声音很轻柔,像是轻轻一笑。

"你好。"

"你想喝一杯吗?"

"可以啊。"她说。

"一个人？"

她知道他在问什么。"你能看到，不是吗？"她说着，又笑起来了。

"如果我过去，你会开门吗？"

"也许吧。"

"我要走很远。"他说。

他以为她会取笑他，但发生了一段小插曲。他看见她转过头来。外面传来什么声音……她能听到但他听不到。她说话的语气和节奏有点不一样："等我几分钟？"

"这只是一时兴起，"杰德坦率地说，"可能不会持续很久。"

"就五分钟，"她说，她现在听上去很急切，有点鬼鬼祟祟的，"门口有人。"然后她说，"哦，求你了。"非常温柔地挂了电话。

杰德坐在房间的床上，机械地把电话放下。他看到她在窗边放下百叶帘，但帘子缠在一起了，他还能看到房间里的东西。他知道她什么时候走进阴暗的地方，什么时候开的门。外面的人走进房间，朝杰德的方向走来，杰德认出了他身上的酒店制服。

酒店服务生什么的，哦，行了……他走进浴室，带着一种朦朦胧胧走出聚光灯外的感觉。他看着镜子里的自己。他的愤怒没有那么坚不可摧了，它变成了有节奏的节拍，来来去去，起伏不定。它剧烈搏动时，他有一种冲动想要把它砸碎，而缓下来时，他有点茫然和疲倦。

但他的脉搏剧烈地跳动,心跳加快,似乎有必要做点什么。

埃迪说:"小女孩睡了,她还好吧?你还好吧,内尔?"

"嗯。"内尔低声说。她坐在绛紫色椅子上,看起来很放松。她的眼皮耷拉下来,好像很重似的。她的脸很光滑,似乎很困倦。

"你穿的什么呀?内尔!"埃迪很谨慎地问道,他的嗓音细细的。

"我什么都没弄坏。"

埃迪一下就看到了梳妆台上摆的那一摊。他黄黄的牙齿咬着苍白的嘴唇。他走近梳妆台。过了一会儿,他低声说:"内尔,你不该玩别人的东西。真的,你不应该这么做。"

"我什么都没弄坏。"她又说了一遍,语气比之前冲多了。

埃迪咬着嘴唇。他拿起香水瓶,把瓶塞塞上。他做贼心虚似的,开始整理那一堆乱糟糟的首饰,一边又温和地哄她:

"这份工作倒是挺容易的,对吧,内尔?你不这么认为吗?就在这样一个豪华的房间里坐几个小时。想想看,你会得到报酬的。一小时五十美分这个待遇很不错,什么都不做,只是待在这里。如果你在家,你也会和玛丽姨妈坐在一起,等睡觉时间,跟在这里一样。你喜欢这个工作,对吧,内尔?"

"哦,当然了。"她昏昏欲睡地说。

"内尔,你……最好脱下那件睡衣……还有拖鞋。老实说,我想琼斯夫人会不高兴的。"

"她不会知道的。"内尔没好气地说。

"好吧,"埃迪说,"我希望你……你能像个好姑娘一样把衣服和鞋子脱掉,好吗?"

"嗯,"她喃喃地说,"我当然会的,埃迪叔叔。"她抬起眼睛对他微笑。

他受到极大的鼓舞,高兴地大声说:"那就好,那就好。把衣服鞋子脱下来,内尔,放回原来的地方,这样她就不会知道了。你还想拿工资,你还想找更多这样的工作。你不明白吗,内尔?这对你来说是非常轻松的活计,太轻松了。而且拿了钱你可以做你想做的事情。你可以给自己买一些那样的漂亮拖鞋,内尔,或者买一对耳环。那不是很好吗?"

她把脸转过去对着椅子。

埃迪希望自己知道玛丽是怎么和她说话的,玛丽是怎么做的,因为玛丽在的时候内尔很乖巧,安安静静的,很听话。

"跟你说说我的安排吧。"他热情地说,"下班后,我给你带一杯可乐,好吗?咱俩喝点东西,不会太久的,你会很惊讶时间怎么过得那么快。"

"我好困。"她喃喃地说。

"好了,"他绷紧了肩膀,说道,"小睡一会儿吧,这个主意不错。"他看着那个香水瓶,现在几乎全空了。他清了清嗓子,紧张地说:"你洒了香水,应该道歉……等她回来的时候马上道歉。"

内尔慢慢抬起眼皮，眼睛睁得大大的。

"这是一个意外。"她的话音比以前高了八度，整个身体都绷紧了。

"我知道，我知道。"埃迪飞快地说。他走近她，温柔地把手放在她的肩膀上。她挣脱了。"当然是意外。我相信你，内尔。当然是意外。我只想说，你最好在她发现之前就跟她道歉，谁都可能遇上这样的事，她不会责怪你的。"

内尔什么也没说。

"没事的，"埃迪安慰她，"你不是故意的。现在，你只要——放松一点。我会回来的。"他紧张地看着身后。他想到电梯门一直开着，在八楼停得太久了。"我得走了，但你要好好的，行吗？"他吞了一下口水，"拜托了，内尔，"他用细细的恳求的声音说，"别再拿他们的东西捣乱了，行吗？"

"我什么也没做呀。"她闷闷不乐地说。

他朝门口走去，叹了口气，又停了下来，就好像他还想求她似的。这时她马上说："对不起，埃迪叔叔。我会把东西都放回去的。你知道，我……只是有点烦。"她的手移到耳环上。"我会把耳环摘掉的。"

他马上高兴起来了："当然，我知道你会有点烦。我知道你不是有心的。我希望你……遇到事情想一想，内尔。我们可以在这里找点活儿做。如果你愿意……如果你喜欢的话。"

"我确实喜欢。"她说,听起来深思熟虑,态度严肃。她取下一只耳环放在手里。

这个小个子男人高兴得容光焕发了。"好姑娘!太棒了!现在,我俩有个约会。别忘了我会带可乐来的。"然后他退了回去,他尖尖的小脸最后缩回去,就像一只老鼠缩回了洞里。

内尔等着门关上。她面无表情,又戴上了耳环。她慢慢地站了起来,然后在地毯上踩着小碎步舞了起来。她听着动静,然后走到百叶窗帘前,窗帘在她手底下嘎嘎作响。

杰德在他房间中央,叉开两只脚站着,一脸挑衅地望着她。

她举起双手向他打招呼,她把手举得高高的,就像舞蹈演员一样划出弧线,然后向后转了一圈。杰德一动不动地站着。女孩也一动不动地站着,双臂高举,回头看着。

杰德马上把酒瓶放进口袋,手指摁下电灯开关。灯灭了。

内尔四处摸索,把先前埃迪收拾好的桌面又弄乱了,她抓起了露丝的一支备用的珊瑚色口红。

第六章

杰德的冲动像风中的蜡烛一样闪烁着。他把酒瓶放进口袋,以备审时度势的时候啜饮一两口,把钥匙也放在口袋里,他听到电梯门关上了。他静静等着电梯启动,然后往右出电梯,再往右转,就到了。

他非常谨慎地敲了敲 807 号房间的大门。

她不太高,也不太老,也不难看,但他就是无法形容她。没有金色卷发,不是金发美女,她斜着脸看他,倒三角的脸,一双眼睛长得跟小丑似的。杰德抽了一下鼻子。她身上一股……整个房间都是一股浓郁的……香水味。她迅速打开了门,他迈了一步,门在他身后关上了,就好像她把他扇进了这个香喷喷的地方。他迅速地扫了一眼四周。他一看就明白了，就好像他准备再退回一步走出门去似的。

"瓶子里有什么？"她问。

他从口袋里拿出瓶子，给她看上面的标签。他机械地说："多美的晚上啊，一个人喝酒太可惜了。"

他冷冷的灰色眼眸审视着她。

她的蓝眼睛也在打量他。

有那么一会儿，他觉得没什么好演的了……这种直率的邂逅让他感觉很美妙，他以前也遇到过。

但这女孩不是他了解的那种人。

她转过身来，被睡衣的海蓝色裙边绊了一下，睡衣太长了，拖曳到了地板上。她说："你不坐吗？"她的声音非常平淡。可他不确定这是她的套路还是在嘲弄他。

他把瓶子放在桌子上，小心翼翼地走到那把绛紫色的大椅子边上。

"你让我来真好。"他敷衍地说。他的眼睛看到了什么，并不高兴。他想他最好体面地尽快离开。显然，这个房间住了男人。

她跪着从一张床上挪过来，然后非常高傲地站在两张床之间，真奇怪，就好像她没注意自己是怎么过来的一样，就好像她认为她一定是像个淑女一样绕着床边走过来似的。她把手放在电话上。

"我们得来点冰的。"她一本正经地说。

"很好。"

"姜汁汽水？"

手提箱搭扣那儿卡住了一个信封，上面的名字是琼斯。"随便，琼斯夫人。"杰德说。

她吓了一跳，僵硬地挺直了身板。然后她扫了红色眼影的眼睑低垂下来。她在电话里郑重其事地说："请给807房间的琼斯夫人送加冰姜汁汽水。"

杰德猜想她是个电影明星什么的，不过现在他们不是在拍电影。她忘了叫客房服务，但接线员愿意效劳。女孩看着杰德头顶上方，她摆出一个拍艺术照的模特姿势，又用完全相同的语调重复了一遍刚才的话。好吧，她是在模仿某人。

但挂上电话后她整个人都变了。"我不是琼斯夫人，"她带着一种诡秘的喜悦告诉他，"琼斯夫人出去了。"这不是模仿。这……真怪啊。

杰德显得有些困惑。

"这不是我的房间。"她咯咯地笑着。

他心里想，这不过是有意回避。"真有意思。那边的房间也不是我的房间。很巧吧？"他笑了笑，往后倾斜了一下身子。

"琼斯夫妇出去了。"她皱着眉头说。

"我房间的那个家伙也出去了,他有约会。"杰德依旧微笑着说,他感到脖子和下巴上愤怒的脉搏,"幸运的家伙。是他,还是我?"

她坐在床上,往背后塞了一个枕头。"我明天要去南美洲。"她轻描淡写地说。

"哦?南美洲哪里?"

她没有回答。

"我要去欧洲了。"他高兴地撒谎。到目前为止,她说的话他一句都不相信呢。

"琼斯先生是我哥哥,"女孩说,"我讨厌他。我讨厌家里所有的亲戚。他们什么都不准我做。他们不想让我约会。"她看上去既陶醉其中又闷闷不乐。杰德开始相信她的话有几分真实了。

"我们来个约会?"他建议,"你想去跳舞吗?"

她一下子扬起了头。他看到她急切的渴望,她在思考,干吗不去呢……他看到一朵火花跃起又迅速熄灭。"我没有晚礼服。"她说。这个借口让他很惊讶,如果这是借口的话。"琼斯夫人有一件漂亮的晚礼服。"

"你的……嫂子?"

"还有一件天鹅绒披肩,就是这个颜色的。"她摸了摸睡衣,"一小时挣 50 美分你可买不起这东西。"

杰德听不懂她在说什么。他正纳闷，外面响起了一阵敲门声。送冰镇饮料的男孩来了。杰德站起来转过身，透过百叶窗向外看，好像有什么东西可看似的，可除了一个老女人在写信以外什么都看不到。杰德几乎没有注意到这个，一想到他不该让人看到自己在这里，他就有点恼。

不过，他想，发生什么事酒店都会知道的，他们也许会有所反应，也许不管，但他们总会知道。他又没有耍弄任何人。

"小姐，签名吧？"男孩嘟哝道。

这女孩一脸懵。她从没在电影里看到过这个情节。她那高贵气质的伪装一下被戳穿了。她根本就不知道怎么签支票。

杰德转过身来。"还是让我来吧，亲爱的。"他在兜里摸钱。"你哥哥什么时候出去的？"他转头问她。

她什么也没说。

杰德注视着男孩那双年轻而世故的眼睛，问道："你有没有看到一对穿晚礼服的夫妇？她披着那种颜色的披肩，你见过吗？"

"你是说琼斯夫妇？"男孩平静地说，"见过，他们离开很久了。"

"他们要走多久？"杰德问女孩。

她耸耸肩："有个舞会……"

"哦？那……"杰德看着男孩，男孩的眼里一开始流露出自得的神色,然后又收敛了。他收了小费就走了。

这男孩名叫吉米·里斯,他兴致勃勃地沿着走廊走下去,闭着嘴唇吹起口哨,不过没有发出声音。他坐埃迪的电梯,他俩轻蔑地看了对方一眼。吉米继续吹口哨。

吉米知道,807房间的那个家伙是821房间的,至于那个女孩是谁,他还不晓得,所以她该是琼斯的妹妹吧。他就知道这些了。他还不知道她和埃迪的关系。他抬头看着电梯间里的格子图案,继续哼着歌。不过,他觉得821房间那人来807不是找琼斯。吉米心里藏了很多有意思的东西。

埃迪不知道吉米刚刚去过807。他在八楼认真地听着。他盯着吉米。一切都很平静。

所以他俩坐着电梯下楼,互不搭理,没有谈论刚才的事,没有交流一下八卦消息。

杰德倒了点饮料,仔细地揣摩了一下。他并没有试图给自己打造一个不诚实的形象,假装拜访某人,主人却外出了。他觉得自己并没有愚弄谁。另一方面,他也确认了一些东西。琼斯夫妇外出了,那么这位是谁呢?

"你有名字吗?"他温和地问。

"内尔。"她心不在焉地告诉他。他觉得她没撒谎。

不过，他撒谎说："我是约翰。"他递给她一杯饮料。

她喝了一大口，抬起头来，笑他。

"你不知道该怎么看我。你很紧张，真逗。"

他不理她，走过去把百叶帘弄好了。然后他在她旁边的床上坐下。

"你从哪里来的，内尔？"

"加州。"

"加州哪里？"

"整个加州。"

"不可能，加州太大了。"

"没那么大。"

"旧金山？"

"有时候是。"

"塔尔萨？"他说。

"那里也是。"她平静地回答。她都没过一下脑子就胡扯，也不管是否说得通。

"塔尔萨在哪里？"他突然怀疑地问。

"在加州呀。"她看上去很惊讶。

"内尔，"他和蔼地说，"你是个骗子。"

"哦，好吧，"她突然像小猫一样柔软地靠在他的手臂上，说道，"你也在骗我。"

"我什么都没说。"

"你不也在撒谎吗？咱俩彼此彼此。"

他用左手托着她的下巴，把她的脸转过来，仔细地看着，端详着那张歪歪扭扭的脸上诚实的表情，他的心跳加快了。你是个骗子。我是个骗子。那又怎样？不，这不是长时间练习之后习得的一个藐视的眼神，她的眼神里有一种他从没见过的东西。

她不是他所了解的那种人。

"嘿？"他大声说。他低头吻她。

他缓缓弯下腰，她嘴唇散发出的气息越来越近，越来越近。突然他用手别过内尔静静渴望的脸，一把搂着她，他的脖子变得很僵硬，动作迟缓。他看着她身后——

一个小女孩，留着两条黑辫子，光着脚，穿着粉红色的睡衣，正默默地看着他们。

此情此景，猛兽突袭带来的惊吓也不过如此吧。

第七章

他似乎被怔住了。他竭力控制自己的声音,低沉地说道:"好像有人。"他已经把内尔推开,让她站稳,他身子还没站直就一转,突然坐到另一张床上,面朝着那孩子……他伸手去拿杯子……

杰德的好事被一个跟自己毫无瓜葛的小孩给搅黄了。他对小孩毫无兴趣,他们就像集邮家、僧侣或超现实主义画家一样,跟他完全不在同一个世界。年龄的增长似乎也让他的记忆发生了断裂。似乎很久以前,如果不是在另一个星球,他自己也是个孩子。杰德自己没有孩子,相熟的人中也没有做父母的年轻人,所以他几乎就没有认识的孩子,没有小孩朋友。他会说"一帮小孩",就像他会说"一群鸡"或"一群蚂蚁"一样。他不会一个一个区分他们。他绝不跟小孩打交道。

这个小女孩,棱角分明的脸上有一双乌黑的眼睛,长得并不漂亮。她太瘦了,太严肃了。

内尔蜷缩着,胳膊撑着身体。

"回去。"她凶巴巴地说。

"我想……"

内尔跪在床上挪过来。"去吧,回去睡觉吧。"她一把抓住小女孩瘦弱的肩膀。

没有人用这种方式和邦妮·欧·琼斯说过话,没有人像一只愤怒的大螃蟹一样向她爬过来,没有人这么凶地对待她。邦妮吓坏了,哭了起来。

"闭嘴!"内尔说。

"这是你的孩子?"杰德冷冷地说。

"她不是我的孩子,"内尔生气地说,"她是琼斯家的。"

"哦……你侄女?"

内尔哈哈笑起来。

"你戴着我妈妈的东西。"邦妮哭着说。

"闭嘴……"

"等一下。"杰德站起身,手里拿着杯子,朝她们走过来。站在邦妮·欧·琼斯身边,他显得特别高。他生来就不会弯腰。"你叫什么名字?"跟这小家伙说话他觉得很别扭,可是不得不这么做,他大声问她,就像跟一个外国人或者语言不太通的人说话似的。

"我叫邦妮·欧·琼斯。"内尔紧紧抓着她,她扭着身子。

"放开她,内尔。邦妮·琼斯,对吧?她不是你姑姑,对吧?"

"你问她干什么?她不应该在这里……"

"你能不能闭上嘴消停一分钟?"杰德说。

"她是我的保姆。"邦妮抽泣着。

"哦,天哪。"杰德放下杯子,愤怒地扭了扭肩,整理了一下身上的夹克。现在他知道自己是什么处境了。

内尔的手松开了,但并没收回来。

"我不喜欢你。"邦妮抽泣着。

"我也不喜欢你,你这个可恶的偷偷摸摸的小鬼。"内尔说。

不会有人用这些字眼跟这些奇怪的小家伙说话,杰德自己这么觉得。他渐渐地意识到,他是多么高大,连内尔都那么高大有力,而那孩子太无助了。

他说:"没人会伤害你的,邦妮。别哭。"

但她一直哭。也许她不相信他,他不能怪她。她在躲着内尔。内尔试图靠近她,抓住她,她被吓坏了,想逃,但内尔就在眼前,走两步就抓住她了。

"你为什么不问问她想要干什么?"杰德说。

"她就想窥探。"内尔说。

但杰德很清楚,小女孩不是为了窥探而窥探的。他很清楚这女孩没有恶意。他伸出胳膊,就像栏杆一样,挡住内尔。

"不,"他坚持说,"她想要别的什么。是什么呢?邦妮?你想要什么?"

"太热了,"邦妮哭着说,"我要关掉暖气。"

"你早就该问问她。"杰德不屑地对内尔说,"这很简单,我来吧。"

他大步穿过连通门,尽管他做事小心谨慎,但他之前都没有注意到门是开着的。另一个房间很闷热。他发现了暖气阀门。他想,塔尔斯,全身而退吧。他注意到,从这里,809房间,可以打开门到走廊上,而且钥匙就插在锁上。

可内尔又亦步亦趋地跟到这个房间里,抓住那个哭哭啼啼的孩子。

"现在没事了,"杰德说,"一会儿就凉下来了,回去睡觉吧。"

"她会回去睡觉的。"

邦妮挣脱开,跑掉了。她钻进被窝里,好像要挖个洞躲起来似的。她还在哭。

杰德大步走进807房间,走过去拿他的酒瓶。他冒出个念头,就是别停下来，要拿起杯子一口喝干，拿起瓶子，走过房间，赶紧溜掉。但他很生气。今晚真是太糟了！一桩接一桩！他想骂人。此时此刻，他终于明白一小时五十美分的玩笑话是什么意思了……现在才明白！……他终于明白了，要是他足够聪明，他之前就该反应过来。他觉得自己太蠢了，怒不可遏。他觉得好尴尬，又觉得很屈辱。他甚至对那个小女孩有点生气，因为她走了进来，盯着塔尔斯，看到他那一副傻样。居然是个保姆！

他想让这个内尔知道他生气了。所以他把随身带的酒倒进了杯子里。

内尔紧跟着他走回到807房间，把门关得严严实实，这时他冲她吼道："你打算给我一小时25美分吗？难道咱俩不该五五开？"

"你说什么？"她说话时好像心不在焉，好像还没完全听清他说什么。她的脸很平静。她朝镜子走去，摸了摸头发。好像门既然关了，就永远不会再开了。

但邦妮在隔壁伤心地哭着。

杰德怒气冲冲地说："你为什么不告诉我这里还有个孩子？"

"我不知道她会进来。"内尔说。

杰德看着她。第一次，他脑子里不由自主地冒出了一句脏话。他不相信，这话说起来太容易了，脱口而出，但他难以置信自己竟然能说出这样的话来。

她走到他站的地方,走到放着酒瓶的桌边。

他宁愿让一群猫簇拥着围在自己脚边。

内尔钻到他怀里,抬起毫无表情的脸。她又回到了先前被粗暴打断的地方,等待着他们继续下一步,而杰德一动不动地站着,气得真想粗鲁地一把推开她,但他太难过了,站在那儿一动不动,带着一脸的轻蔑和无动于衷。

小孩在隔壁房间里哭,哭得撕心裂肺,那声音太可怕了。

内尔一头褐色的头发,靠在他身上。他抓住她的肩膀说:"你没听到吗?你耳朵有毛病吗?"他用力地晃她。

"嗯?"她在微笑。她喜欢被摇晃。所以就晃吧。她睁开眼睛说道:"我听到了。我知道你在说什么。你在生我的气。我就不明白你干吗冲我发火呢,约翰,小约翰!我什么都没做呢。"

"你什么都没做?"

"对呀。"

"好吧。"杰德说。他把塞子塞回酒瓶里,手里拿着。他已经准备离开了。他在这里跟她说不通,吵架没有用,没意义。

"别走,"内尔尖声说,"我什么也没做。现在没事了,不是吗?她走了。"

"走了！"孩子在隔壁房间哭闹的声音让杰德脑袋疼得厉害。太难受了，他觉得，这就像他要准备睡觉了，却有一只猫在他的窗户下拼命嚎叫。这声音也太杂乱了，连背景音也算不上，它太有穿透力了，甚至让你也感觉到它的痛苦。"你耳朵聋了吗？"

"她在哭？她会睡着的。"

"她会吗？"

内尔耸耸肩。她用一只手把长长的丝绸睡袍托起来，这样衣服就不会垂到地上了。她转着圈，看上去十分快活。"我不能再喝一杯吗？"

杰德发现，小孩的哭声并不太像猫叫。猫闭嘴了，或是去了别处，再不就是你去了别处，你总会落得个清净。而且，如果猫在你听不到的地方哭，嗨，哭好了，管它呢。可他对小孩一无所知。不过也不必什么都知道，听听这哭声就够了，这个哭声必须停下来。

"这很让你心烦吗？"女孩举起杯子，漫不经心地说。

"这让我烦死了，"杰德粗暴地说，"她很害怕。你吓坏她了，你干吗要像只野猫似的朝她扑过去？你就是这样对待你的东家的？"他几乎没意识到自己把威士忌倒进了她的杯子里。

她看上去闷闷不乐："我又不是故意吓她的。"

"她吓了我一大跳！好吧，但你知道她在里面。你应该照顾她的，不是吗？你听着……"

他自己一直在听。那哭声简直无法忍受。

"你最好让她别哭了。"

"她哭累了就会……"

"你想让整个酒店的人都上来看热闹吗？"他气急败坏地说。

"不啊。"她看上去很惊慌。

"那就做点什么吧，我告诉你怎么做。"

他大步走向烟灰缸，在两张床之间走来走去。"如果我进去，你会溜走的。"内尔毫不掩饰地说。她这么说的时候，杰德倒真是这么想的。他把威士忌放在电话旁。他把手从瓶子上拿开，好像瓶子很烫似的。

"我没必要偷偷溜出去，你知道的，"他尖刻地说，"我可以大摇大摆地走出去，随时都可以。我告诉你，我不会留在这里听她哭。"

"如果她不哭了，你会留下吗？"

"不好说。"

她把杯子换到左手里，活动活动右手，仿佛她的手冻僵了似的。她的蓝眼睛太蓝了。

"记住，这不关我的事，"杰德使劲摆了一下手，"这与我无关。但我告诉你……你为什么不尽量对她好一点呢？"

"好一点？"

"别对着我假笑。对里面的孩子好一点。你是傻子吗？我干吗浪费我的……"

"这是约会,不是吗?"她开口道,"你要我……"

但是杰德在想,那小孩的嗓子一定很痛。他自己的嗓子就疼起来了。他咆哮道:"让她安静下来,让她高兴点儿,去吧。"

"如果我这么做了,你呢?"

"如果你这么做了,"他急切地说,"嗯……也许我们可以安静地喝一杯,然后我再走。"

女孩转过身,放下杯子,走到中间那道门那儿,轻轻地打开了门。她乖乖地走过去,消失在黑暗中。

"恐怕,"林恩说,"塔尔斯先生又出去了。他的房间没人接电话。"

"我只能说我没有看到他,小姐。"大华酒店前台的那个人对此并不太上心。

"但你先前确实看到他进来了?"

"是的,我看到了。"他有点不耐烦地瞥了她一眼。

"那……"她不确定地转过身来。

"需要留言吗?"他礼貌地建议。这是一个可爱的女孩,衣着整洁光鲜,穿着鲜艳的蓝色外套,上面有大大的铜纽扣。她看上去心烦意乱。

"好的,我可以留张字条。"

他拿出一支铅笔,给她指了指酒店大堂里的写字台。

"好的,我看到了,谢谢。"林恩在写字台前坐下,左手胳膊压着包。她轻轻挪了挪椅子,这样她就可以瞅见从街上进入酒店的人。

她想他一定又出去了,可能是从酒吧出去的。即便是现在,她也希望不要让她家人不放心。她自己不敢打电话回家问。如果他们不知道她独自一人,那会好得多。要是他们知道她一个人在外面,他们会发飙的,她想。但是……没关系。如果他们担心,那就太糟了,但她实际上足够安全,他们会谅解的,说不定他们还对她有足够的信心呢,不会太担心。

这事她必须自己解决。她家人总是不分青红皂白地站在她一边,他们会认为,任何男人,如果蠢到跟他们心爱的女儿吵架,这男人就不值得她主动去和好。

但有可能是我错了,她心想。她的眼泪都要滴下来了。

不,她还不能回家。她还要待一会,就像自己在约会一样。这很重要。她知道。很难解释原因……让人很难为情……也许不可能。她得自己解决。

无论如何,她认为杰德不会去她的公寓。去了就是投降。他可不是那种人,他傲得很呢。

那么,她是那种喜欢闲逛的人吗?好吧,她固执地想,我才不会做那种气鼓鼓的女人，无论是对是错，都坐等男人，看他手里拿着帽子翩翩而来，就像老掉牙的言情小说中那些呆头呆脑的女主角一样，生着气干等男人，耗费生命。

唉，没有谁是固定一种类型的！杰德和林恩，他们是独一无二的，是活生生的，他们的问题必须在这个前提下解决，必须现在解决。明天，飞机……

无论他去了哪儿，他都会回来。他还没退房呢。太孩子气了……至少她可以这么写。

"亲爱的杰德，"她写道，"我们太孩子气了……"她看着一男一女走过大堂，"我不希望你去了西部，还以为我……"

我这么做，是因为我虚荣吗？她想。"以为我……"以为我什么呢？他们怎么会对彼此说出那么伤人的话呢？就因为她一直在浪漫的期待之巅，然后被粗鲁地打醒？也许吧，对他来说，可没有这样的期待。不，不，那是赌气的想法，怕自己显得虚荣。她早就知道杰德喜欢自己。她早就有理由期待他那么说，或者再说多一点。承认自己虚荣没什么大不了的。

她撕下纸，又写道："亲爱的杰德：我一直在找你，因为……"一滴眼泪滚落下来，模糊了字迹，她想，哦，不……不是这样！他不会觉得好笑吗？

他会吗？林恩双手静静地放在桌子上，坐了很长时间。她明白了。是真的，她真的爱上杰德·塔尔斯了，他很爱她，爱到足以让她对他任意撒气，这么生气，又这么放不下。

真的。她还以为今晚他会向她求婚呢。他们在一起很久了，很久了，结果被那个老头搅黄了。

真的，她原本会说"我愿意"，她会很高兴地说愿意。我愿意，不管对错。我愿意，就因为他的一张嘴，也许就愿意。

结果他们吵架了。

但她不认为他是个抠门的愤世嫉俗的人。他很……小心。是的，他很小心。他说话很讽刺。一部分原因是他只在表达他所看到的，一部分是因为他的防御心理，或者类似的什么。但那只是说说而已。人们并不总是了解他们自己，人们经常自说自话。她想，但我真的可以很坚强。如果我相信，那么我必须……又或者，我所说的只是嘴上说说而已。

所以林恩费劲地把问题解决了。这也是事实，无论是谁挑起的，无论这场争执意味着什么，她才是那个率先走开并且切断沟通的人，而她（她总是说）不相信这一点。

很好。她紧握双手。重要的是，她抵达了辉煌的巅峰，现在可能要一直走下坡路了。生气是不行的。

但她能在纸上写什么呢？要是他来就好了。来往大堂的人当中没有他。明天，航班……也许他会给她打电话。不，时间太早了。她可以在纸条上问。她的想法太乱了。黎明时分如此寒冷。

她提笔写道："亲爱的杰德：我不能让你走……"但你留不住他，林恩。他不是那种人。也许他只是从你的生命中一闪而过的让人心醉的幻象，你对他来说又是什么呢，你永远都不会知道。也许他会发现你的存在有意义，但不是现在……太晚了。"误会。"她绝望地写道。太晚了。她应该回家了。

我能说什么？她反复思量着。我能做什么？我该怎么回家？

离开这里，塔尔斯。出去，快。忘掉这一切，抛开它。杰德把自己的内心戏放一边，在一张床上坐下来。伴随着这些内心戏的是让人心神不宁的画面。如果孩子要哭很久很久，他在自己的房间里都能听到，怎么办呢？难道他要变成一个愤怒的房客，去抗议，去做点什么吗？他已经做了傻事。内尔，这个保姆，已经让他成了一个彻头彻尾的傻蛋，现在更糟了。他已经很清楚晰了。他盯着手里的杯子，琢磨着眼下的情形。

内尔抱着孩子回来了，他知道她为什么这么做。她不相信他不会偷偷溜走。他静静地待在原地。他并非完全不高兴。他想看她怎么安抚孩子。

"有什么好怕的，傻死了，没什么好害怕的。"内尔不耐烦地说，"现在别哭了，我再给你读一个故事好吗？"

"不。"邦妮说。她现在并没怎么哭了，但她浑身发抖，根本止不住。

内尔把她放下来，她赤脚站着。三个不同世界的人相互看着彼此，显得十分无助。

"你知道吗，你差点吓死我了。"杰德友善地对孩子说，"内尔也是，所以她才这么生气。"

"她……太……生气了。"邦妮费劲地说。

"是啊。"他严肃地附和道。

内尔看上去好像又要发飙了，但她没有。

"你现在没事吧？"她的声音很紧张，"你不会再哭了吧？"

邦妮不确定该说什么。她看看她，又瞅瞅他。

"我是内尔的朋友，过来看看她，就待一会儿。"杰德说着都觉得自己脸红了。为什么他要试图向这个他不太了解的小家伙解释。

"我以为你睡着了。"他尴尬地继续说道，"你多大了？"

"九岁。"

九岁。九岁是什么样子的？杰德记不起来了。酒精饮料让他的思路变得模糊起来。他开始觉得这些事情也没那么痛苦不堪，好像他的自尊心去了别处歇着了。

"太热了,"邦妮说,"我身上都黏糊糊的。"

"那你过来。"内尔走到窗前,"我们让你吹吹凉风,这样你就会凉快点,然后你就回去睡觉。"

邦妮若有所悟地点点头。内尔拉起了百叶帘,推开一扇窗。

杰德赶紧挪个位置,以免有人从窗外看到他。他背靠床头坐着,又倒了一杯酒,冰块在另一边,所以他没放冰,他可不想从窗前走过去拿东西。这个地方就像一个金鱼缸一样。他知道。你就是在这里犯的错,塔尔斯。

"看到这位女士了吗,邦妮?"

邦妮颤抖着身子,哭着回答:"我看到下面有个男的,他在打牌。"

杰德的热饮让他反胃。

"我想,"内尔继续说,"桌子底下有一只小猫。"

"什么,"邦妮抽泣着,"桌子?"

"在下面,牌桌下面。"

"我看不到……"

"也许不是小猫,但它看起来像小猫。"

"我有一只猫。"邦妮说,"那只小猫身上有条纹吗?"

"没有。"

"它是灰色的吗?"

"也许吧。"

伊娃·巴卢小姐在大华酒店的信笺上用流利的笔迹写道……"好像这个酒店里有个孩子在哭,我实在没法专心,我真希望你能明白我在写什么,因为我前面的句子里似乎有两个谓语,没有主语!亲爱的,这次旅行真的……"

她的笔停了下来。那孩子不哭了。谢天谢地啊,巴卢小姐想。但现在夜晚似乎变得空落落的。她低下头,从百叶窗下向外瞥了一眼。

她又写道:"对于我们所有老师来说,参观了东部这么多的历史遗址这是一大享受……"

她突然放下笔,又俯身朝外面望去,看向黑乎乎的中庭对面。

"我什么小猫也没看到,"邦妮说,"根本就没有。"

她的辫子垂在前面,摆动着。

"嗯,你没有看到……"内尔轻声说,"但你不会再哭了,是吗?"

杰德瞥了一眼那碗冰。他站起身。她干吗要把那该死的窗帘拉上去?他敢走过去吗?有没有人把这一切都看在眼里?他恨不得赶紧溜走,而且也没有别的住客看到……

当他把头转过来时,这个问题瞬间被抛之脑后。他一动不动地站着,琢磨着哪里不对劲。在他看来,肯定有什么不对的地方。只见邦妮跪在散热器顶部,而内尔就坐在那里,在她身边。内尔的手就托着邦妮那裹在粉色碎花睡裤里的小屁股——

她的手在往上抬!

这太疯狂了。

伊娃·巴卢小姐向外张望,叫喊。没有人听到她的声音,她独自一人。

"不!"她说。然后,她呜咽着:"哦,不!求你了!"

杰德的脖子后面一阵刺痛,一定是他自己的脉搏在怦怦乱跳。这同样让他忍无可忍。这个身强力壮的年轻人,一言不发,迈开矫健的步子奔过去。

"桌子下面有吗?"邦妮问。

"再往下一点……"内尔轻声说,"再低一点,再低一点。我想,你会安安静静的吗?"

邦妮尖叫起来。

就在她再往前探的一瞬间,杰德一只手抓住了她,他紧紧地抓住她细细的脚脖子,喘着气说道:"拜托,可不能那样把身子探出去,天哪,我一定得抓住你。"

内尔转过身来，抬头看着他，她看上去恹恹欲睡，却丝毫不吃惊。"怎么了？"她喃喃自语，"怎么了？"

杰德把孩子抱了起来，对她说："最好别在这儿，你会感冒的。"他能感觉到抱邦妮的整个手臂都有点抽筋。他尽量温和地抱紧她。"很抱歉，宝贝儿，我是不是吓着你了？刚才你又吓着我了呀。确实把我吓坏了。确实吓到了。你这么落下去的话,太吓人了,那可是硬着陆哦。"

邦妮刚吓得尖叫了一声，还没哭出来。她脸色刷白，那双又大又黑的眼睛似乎才开始转了一下，恢复了一点理智。

杰德说："你很冷，你在发抖，你现在不困吗？"

邦妮点点头。她扭着身子从他怀里下来，站到地板上，面色凝重地看着他，说："我可以自己去睡觉了。"

巴卢小姐挺直了紧绷绷的身体。她的心仍然在她的烦心事上，内心的恐惧触发了身体上的不适反应。她感到脖颈处的脉搏在跳动。但那边出什么事了？她紧闭着苍白的嘴唇。她听到那个男人说："把帘子拉下来！"

所以，这肯定有什么秘密，肯定是男人，也许，有坏人？她专心致志地写着信。"即使在这个邪恶的城市……"她握笔的手最后抖得太厉害了。

"把帘子拉下来！"

内尔还坐在窗边，看上去迷迷糊糊的。她站起身，拉下百叶帘。杰德觉得，她弓着背到她起身伸出手臂这一连串流畅的动作，竟有那么点儿像蛇似的。

他站在809号房间的门口，邦妮要经过这道门。809房间很安静……昏暗而安静。所以他轻轻地关上了门。

邦妮僵硬的脖子肌肉稍微放松点儿了，小脑袋挨到了枕头上，枕头陷下去一个坑。她的眼睛睁得大大的，把手伸出去拿毛绒小狗，塞到僵硬的下巴下。她的喉咙挨着毛绒小狗动了一下，使劲吞了一下口水。

杰德转过身来。你疯了，塔尔斯，他暗暗想到，他十分生气，想用这些语言来赶走脑海里的那些画面。你一定疯了，你怎么会有这么疯狂的想法？没有人会为了让孩子止住哭泣就把孩子扔出八楼的窗户！即使是现在，一想到这个他就浑身寒毛直竖。他怎么会这么想？

他开始在碗里捞冰块。

他突然想骂脏话，如果只沉浸在此时此刻，那是多么疯狂。如果根本就无视未来会怎么样？如果你从未对自己说过"最好别这样。如果我这样做了，我会有麻烦的"，结果会如何？你会恣意妄为，对吧？任性，善变……绝对为所欲为。

他看着那个女孩。她斜倚着他，盯着杯子里的冰块，脸上一副镇定而愉悦的表情。她抬起头来。

"你拥有的比我多。"她说。

"没错。"杰德说。他觉得现在完全清醒了。脑子里轻轻的嗡嗡声消失了。他懒得再往杯子里加冰块了，他再也不想喝酒了，暂时不会喝了。

他把酒给了她。他坐下来，端着没有冰的杯子。

他无法摆脱那千钧一发之际带给他的恐怖感。疯子，塔尔斯。忘了吧。她只是粗心大意而已。没有人会有这样的想法。她只是没动动脑子自己在干吗。

"我觉得我没那么想。"内尔娴熟地耸耸肩说。

"你会读心术吗？"他的胳膊肘垂下来，"实际上，你已经说过几次我还没说出口的话了。"

她没有吱声。

"但你肯定应该好好拉住她的裤子的，你难道不知道这很危险吗？"如果你的脑子不考虑一下要发生的事，你都不明白危险是什么，他想。危险这个词就没有意义了，对吧？他想到这儿就打哆嗦。有意义吗？他哆嗦着。他的思绪飘远了。

如果真有所谓的心灵感应，天哪，那肯定双方都能感觉到。要是她能猜出他的一个小心思,那么他也能猜中她的。难道不是吗,他还没猜中吗?听着,塔尔斯,别发神经了!可是读心术……撒吧……赶紧溜走。

但他在寻找慰藉。他想起来了,说道:"所以,要照顾这个孩子,你不能跟我去跳舞了吧?"(所以,你要有点责任心吧?)

"埃迪叔叔在开电梯。"

"怎么了?"

"我出去会被他逮到。"她平静地说,"他从来不让我外出。"

"你叔叔?埃迪叔叔开电梯?在这家酒店?"

"是的。"

"哦。"杰德揣摩了这个消息,说道,"就是说他给你找了这份工作?"

"是的,"她带着疲倦的神情讽刺地说,"绝好的工作。"

"你不喜欢吗?"

"有什么好喜欢的?"她说。他看到她脑子里的答案了。他看到了!他猜中了!

"不过,还有你。"内尔在想。

他闭上眼睛,摇了摇头。都不是。但他思考了一下,总的来说,他松了一口气。想想还没发生的事情是有用的。不是吗?如果她早点想到开电梯的埃迪呢?

他突然想到自己的未来。明天早上,在飞机上。到了明晚,他会在一个遥远的地方,回忆起这古怪的一夜。他觉得,该结束了,得走了。

他的愤怒消失了。他站在未来的视角,回顾此时,对一个人说:"他妈的这个保姆!什么人啊!简直是个疯子!"如果真要说点什么的话,他会这么说。

他说:"嘿,内尔,我告诉你。想想挺有意思的,我们永远不会知道明天会怎样,所以,为今晚干杯吧。干杯,然后再见。有空在南美洲见?"

他咧嘴笑了。她的眼睛太蓝了,不是颜色太深,而是蓝色的面积太大了。这双眼睛长得真怪……

"你才不会去呢。"她说。她的话没有一点儿音调的变化,她都不是在表达反对,仿佛只是在陈述一个事实。

第八章

今晚上的菜是传统的青豆配烤鸡。彼得用叉子叉起食物,对露丝眨了眨眼。他并不是真的在用餐。

露丝跟他一样吃得很少。他们装模作样地叉起食物。不过,她想,今晚这里的人就不是为吃饭而吃饭的。菜式一道一道地端上来,井然有序,一切都约定俗成,毫无意外,这样就不会扰乱晚宴上人们的正事了:闪亮登场、交流八卦、给某个大人物点头哈腰……欣赏欣赏自己,恭维恭维邻座。嗨,这真有趣!

但现在他们差不多吃完冰激凌了。他们在用咖啡了……晚餐要结束了。彼得与邻座客人的交谈越来越少。他的话越来越少。

露丝的神经和他的一样紧张起来。她干燥的嘴里融化了一小口冰激凌。彼得更加频繁地小口地抿着咖啡。

每隔一段时间,邦妮就会出现在露丝脑海里,每当这时身边的那些谈话声就变得有点不真实。让她苦恼的是,她脑子里的邦妮在床上的画面也是闪烁的、不真实的。她告诉自己,邦妮睡得很香。她要把这些话说出来,好像这些话有魔力一样。邦妮睡得很香,就跟睡在家里的床上一样。哦,邦妮是真的,温暖可爱的邦妮就在那里。只是酒店的房间、家具陈设,并没有给邦妮带来家的安全感。

"当然没有!"露丝自言自语。

这是一个巨大的城市,面积辽阔,充满未知,西区似乎与他们所在的东区脱离了,似乎相隔甚远。

"我想快点给酒店打个电话。"她小声对彼得说,"哪儿有电话?"

"刚进来的时候我看到了,"彼得说,"就在拐角处,镜子那边……"

他吃了一小口冰激凌。演讲会主持人仍在平静地聊天。

"你觉得我有时间吗?"露丝喘着气。他们坐在演讲者的席位上,坐在离门口最远的地方,电话就在门外。露丝想,穿着粉红礼服从人群中走过,太引人注目了,而彼得不能去,至少现在不能。

主持人在椅子上挪了挪身子,小口抿着咖啡。露丝感到彼得所有的肌肉都在颤抖。刚刚主持人瞥了他们一眼,微微点了点头,几乎让人看不出来他在点头。

彼得也不自觉地点了点头。主持人往后推了推椅子,他要站起身了。

现在不行!现在没有时间了!露丝要稍后打电话,等他讲完后。还要晚一点,因为没有中场休息就轮到彼得了!

还是晚点打电话比较好,那时候就不紧张了。一切都放松了,是的,那时候打电话好得多。

毫无疑问,邦妮已经睡得很熟了。露丝现在必须扬起下巴,转过头来,好好地听晚上的演说。(天哪,他要说什么呢!哦,彼得!)

邦妮九岁了,这时肯定已经睡得很香了。

宴会主持人像命运之神一样站了起来。露丝松开杯子,拍着冰凉的手跟大家一起鼓掌欢迎。主持人说:"在这里,我很高兴……"谁在乎他们有多高兴?他们总是那么高兴!她能听到主持人呼吸时发出的每一丝小小的喘息声。彼得在椅子上微微转了个身,好像主持人说得很吸引人,但其实跟他无关,当然……

"我特别高兴,"那人说,"有这个机会……"他们总是那么高兴!

露丝淡淡地笑了笑,拨弄着手中的酒杯。她必须展现出完全的自信,虽然她的心怦怦直跳,她却真的确信……

杰德挡开她,这让他感到慰藉。这是对破坏了他今夜好事的所有女性的甜蜜报复。他嘲笑她。他抓着她的胳膊肘,两人仅一臂之遥。

"哟哟哟,不带这么主动的,"他说,"我知道。虽然有人认为来者不拒没问题,不过你干吗不把我的话记下来呢?听着,我很挑剔。"

她的愤怒使他大笑起来,他又坐回床头,背靠着床板。

"时间、地点和女孩,"他笑道,"这三样我都要精挑细选,而这里哪儿哪儿都不对,宝贝儿。"

她看上去要尖叫了。但后来她的眼睛闭上了,露出了困倦的表情。她一股脑靠在他的胳膊上,浑身无力,现在,她全身都靠在他身上了。

"好了,我要说再见了,内尔,"他狐疑地看着她,厉声说道,"你听懂了吗?"

他现在很清楚,一开始,她身上那股野性吸引了他,后来,又让他感到惶恐不安,而此时,那股子野性又跟她的意志融合在一起。她根本就不瞌睡。天哪,根本就不!现在,他知道她那似梦似醒的表情是一个危险的信号。也许一部分的她的确睡着了,也许正是这部分的她才会考虑后果。

他坐了起来,用僵硬的前臂戳戳她。他对自己刚才忘情的嘲弄感到有点抱歉。他想知道,如何才能不争不吵、不大动干戈地离开这里。他平静地说:"我真的很抱歉,我得走了。改天吧,内尔。"

她似乎没有听到。然后,她似乎确实听到了什么声音,不是他的声音，而是一种更小、更近的声音。她的眼珠子往右边转了转。

他也听到了。有人轻轻地敲了一下807房间的门。

天哪！快走，塔尔斯！杰德低声说："我从另一条路出去，从小孩的房间出去。"

"不行。"她说话的声音跟他一样小，不是耳语，而只是嘴唇在动，几乎没有发出声音。

"你不能走。"她的小嘴清晰而固执地吐出这句话。

"……来找我，"他以同样的方式说，"你会丢工作的。"

敲门声很轻，一遍遍重复着，敲门的人很执着，很有耐心。

内尔的脸上有种幸灾乐祸的神情。"不行，不行。我会说……你强行闯入，我会说……你跟踪我。"

杰德眨了下眼。她会的！她真的会的！他很肯定她会这么说的。去他妈的！这纯粹是疯狂的恶作剧！而且，如果她这么说了，这种情况下别人都会相信女方的话。

"你等着，"她说，"我知道是谁。"

他们的谈话几乎没有发出声音，四周静得出奇。房间里静得几乎让他们感到压抑。这栋大楼脚下的城市发出巨大的喧闹声，而在这里，他们在一个无声的地方，无声地交谈。但有人满怀希望地不停敲门。

"是谁？"杰德吓得呆住了。他要怎么才能离开这里？怎么办？

"是埃迪叔叔,我可以搞定他。"

"我可以出去。"杰德做了个手势。他的目光很阴沉。

"不行。"她知道凭着自己的蛮横可以拿捏他。

"什么,那怎么办?"他咬牙切齿地说。

"待在那儿,别出声。"她想让他躲进卫生间!

他慢慢地站起来,放开她。他可以把她撞倒在一边,飞快地跑进孩子的房间。

可她张开了嘴。

杰德磨蹭着,拿起瓶子藏在口袋里。她把他的杯子飞快地塞进他手里,一把抓住他的胳膊肘,一边推他,给他指了指方向。

敲门声断断续续。"内尔?"那人轻轻地说,有点焦急,"内尔在吗?"

内尔说:"谁呀?"她的声音似乎拉长了,像打着哈欠说话,但她的眼睛注视着杰德,脸上泛起了涟漪。哈,她也不想惹麻烦……就跟之前想找麻烦一样!

"是埃迪叔叔。你没事吧?"

内尔对杰德皱皱眉,揶揄他。"怎么样?我开门吗?"

他低声吼道:"好吧,动作快点。"

他走进卫生间,关上门,留了点缝。

"哎呀,对不起,埃迪叔叔。我想我一定是睡着了。"他听到她说……

还听到她打了个哈欠。

塔尔斯站在卫生间里,心里在骂自己。她凭什么,对他施了什么法?真是太糟糕了。他看了看表,自言自语道:"埃迪叔叔快走吧,我就要走了。老兄,我要走了,我要溜了。"他会一言不发就开溜的,连多余的动作都不会有。

当然,你勾搭女人。过一阵就勾搭一次,或是在火车上,或是在酒吧里。有时候这样的艳遇也还不赖。要是不开心,你也会冷血地全身而退。你溜得飞快。

塔尔斯为什么会躲在门后?

他坐在浴缸边上等着,心里骂骂咧咧,脑海里排练着他快速溜走的经过。

林恩放下电话,转身离开。没人接电话。

我再抽一支烟,两支烟。我会等到从街上再进来十个人,二十个人。我可以写一封温柔的信。我知道我可以。我可以试试。

第九章

　　埃迪看着穿睡衣的侄女，眼神里满是失望。他说："我带来了可乐。"因为失望，他的声音变得黯然。他手里拿着瓶子，走到桌边，站在那儿低头看着托盘、一碗融化的冰和内尔的玻璃杯。"这是什么？"杯子里还剩下一丢丢黑麦啤酒和姜汁汽水。

　　内尔说："埃迪叔叔，你走了好久，我渴了，我去把杯子洗干净吧。"她从他温顺的手中夺过杯子。

　　"我点了姜汁汽水，"她看着他不安的眼神，大胆地说，"琼斯夫人说我可以点。"

　　"她真好。"埃迪说。

"想吃块糖吗？"内尔扭过头开心地问他，"她说我可以随便吃。"

"谢谢，我不喜欢吃糖。"埃迪说。他冷冷的目光四处打量着房间。

内尔推开卫生间的门。她走到洗手池前，把玻璃杯冲洗干净。

即使在镜子里，她也没有与杰德进行目光的接触。她甚至没有做一个手势，没眨一下眼，没任何迹象表明她知道他在那里。杰德气得血脉偾张。这分明是占他便宜。微微一笑、轻轻一瞥，任何能表明他们串通一气愚弄埃迪的暗示都可以让他好受点。但是，天哪，没有！她强迫他陷入这种耻辱的境地，现在她让他备受煎熬。他本可以揍她的。他咬牙切齿。哼，一个保姆！

埃迪说："小姑娘睡着了？我看见你关上了她的门。"

内尔从卫生间出来，在身后拉上了门。她本想把门关上的，但杰德用力抓住里面的把手，两人不动声色地角力，她输了。

"要是她哭或者要什么，你能听见吗？"埃迪担忧地说。

"灯亮着她睡不着。"内尔面不改色地撒谎。

"不过现在她睡着了，开着灯不会打扰她。"埃迪轻轻地拧着灯的旋钮开关，"我想琼斯夫人希望开一点灯，内尔。"

"好吧。"她冷漠地说。她在等可乐。

"还有，夜深了，你最好把琼斯夫人的衣服脱了，内尔。老实说，我想……"尽管他说话小心翼翼的，他的喉结暴露了他，他挺难过的。

"呀，我正打算脱掉呢。"内尔小小的牙齿咬住了嘴唇，"穿着太舒服了……我只是不着急……"

埃迪立刻高兴起来。"你肯定是打算脱掉的，内尔。我知道。嗯——"他摆弄着开瓶器，"不过，你干吗不现在就脱掉呢？"

"好的，埃迪叔叔。"她听话地坐在小长凳上，脱下拖鞋。埃迪把她自己的黑色高跟鞋拿过来，让她穿上。接着，她慢慢地摘下了耳环，把耳环放进首饰盒里。她又取下其他的首饰，整理好，收起来。

埃迪顿时心情畅快了。"这就对了！乖孩子！"

她低下头朝他微笑。她站起身，双手解开露丝睡袍上的丝带。埃迪拘谨地低下头。内尔说："我去衣帽间。"她的语气听上去很恭顺，还有点害羞。

她叔叔埃迪松了一口气，拉开可乐瓶盖。

她穿着自己皱巴巴的深色连衣裙从衣帽间里出来。这裙子之前落在衣橱地板上有好一会儿了。不过现在内尔把睡袍挂在衣架上，却一丝不苟、小心翼翼地整理衣服的褶皱。

"好了，"她说，"现在跟之前一样了。这样行吗，埃迪叔叔？"

他朝她笑笑。"很好，内尔。这就行了！"他叹了口气，"你知道，他们可能很快就会回来了，不过你都收拾好了。"

"我们最好喝点可乐。"她温和地说，"如果我自己一个人在这里会更好些，你觉得呢？"

"你说得对，"他说，"是的，你说得对。我告诉他们我会顺道过来，但如果他们发现一切安好，而你在工作，那就更好了，对吧？嗯，给你。你知道，"他脱口而出，"我愿为你做一切事情。知道吗，内尔？你知道我为什么要你接受这样一份好差事？我想让你开始新生活。"

"我知道，埃迪叔叔。"她现在温顺极了。她头更低了，没有表现出丝毫的不耐烦。

他喝了一大口可乐。"嗯，因为我相信你，内尔。玛丽阿姨也相信你。"他眨眼的样子跟他声音中的那股勇气格格不入，"我觉得你愿意和我们在一起，而不是回到印第安纳州。"

"嗯，是的。"她喃喃地说。

"如果保险公司要赔偿房子和家具——但事实上，什么都没有了。你知道的。所以你会得到慈善机构的帮助，一直到你找到工作为止，可我不希望丹尼的女儿落得这样的下场。"

"不。"她说。

"你知道我没有多少钱，"他继续说，"我有一份稳定的工作。但是，你会明白这是好事，如果你能……很快熬过难关。"

"我没事。"她毫不费力地说。

"你好多了。当然。你当然好多了。"

她的一双蓝眼睛出神地看着他,她有时候会这样。"但他们应该赔偿。"她说,"为什么我们不能让他们赔偿?"

"我不知道该怎么做到,"埃迪忐忑不安地说,"我不知道我们能不能让他们赔偿。你看,他们声称,是人为纵火的……"

"那是个意外,不是吗?"她提高了嗓门。他紧张地清了清嗓子。

"是的。是的。他们在法庭上是这么说的,是的。这是一场意外。"

突然她的神情冷静下来,冷冷地看着他,问道:"那么他们为什么不赔钱呢?"

"嗯,保险公司,他们认为——实话说吧,内尔,我认为最好还是忘了这事。这可能得请律师,需要一大笔钱,你还不能肯定自己能赢,明白吗?我认为最好的办法,就是忘掉这件事,试着从头开始……保险也没那么多钱。可口可乐怎么样?"

"味道不错。"她温顺地说,"是你的吗?"

"很好喝。"他又喝了一大口。也可能是喝的酒,因为他似乎要放松一点了。他说:"你只需要有人站在你身后,支持你。内尔,我和玛丽知道这一点,在那个时候。我们确实支持你。我能理解为什么你焦躁不安。我不怪你。"

"你一直都很好,埃迪叔叔。"她的嘴唇几乎没有动一下。

但他看上去十分高兴。"我看得出来,"他急切地说,"经历了这么可怕的事情，很多小事都显得微不足道。没什么大不了的，对吧？事情就是这样，不是吗，内尔？"这个小个子男人似乎屏住了呼吸。他那不安的心灵的每一根心弦都渴望去跟人连接，渴望去理解他人、被他人理解。

女孩没有抬头看他，只是点了点头。

他吞了一口口水，靠得更近些，轻轻地说："你要记住，内尔，你的父母不会怪你。你不准那么想。他们知道你永远不会做错事，内尔……你不会对他们犯错。你看，无论他们在哪里，他们一定比我们更清楚这一点。如果他们能和你谈谈……"

"我不愿去想他们，"她的语气十分单调，"我不愿去想他们。"

"好，好，"埃迪赶快说，"没人让你去想……但我想告诉你一件事，内尔，医生说要是你知道就好了……这里这么安静，我也许可以说一说。我和你玛丽阿姨，我们支持你，我们相信你。我们丝毫不怀疑，是你那晚梦游的时候放的火……"

他注视着她的脸。她的睫毛忽闪忽闪的。

"法院就是这么说的。"她漫不经心地说。

"但是——但是——不要哭。"他看着她那没有泪水的蓝眼睛小声说。

"我不会哭的，埃迪叔叔。"她用手转动空杯子，把杯子放下了。

埃迪眨了眨眼，把眼泪眨出来了。他强忍着心中的难过。他哥哥丹尼的老婆茱莉亚，她身上有些东西丹尼一直都不喜欢，但她肯定还从来没有亏待过内尔，否则他是绝不容忍的。丹尼对谁都不差。不，不，没有理由。可怜的内尔，她吓呆了。她哭不出来。她爱他们。她不想伤害任何人。她会哭的，有一天，她肯定会哭出来的。

"很好喝，对吧？"他高兴地说。

杰德差不多马上就控制不住他的怒气了。他愚蠢的愤怒把他困在了这里，他告诉自己，是时候让塔尔斯动动脑子了。他冷静地等待着。他能听到他们的声音，记下了他们的一些对话。

但是，在某种程度上，他正在回忆过去。他想起了九岁那年，倒不是那年有什么了不得的事情发生，而是那年他的感觉。他思量着，他九岁的时候已经完全适应了家庭。父母教了他该怎样为人处世，他被调教好了。他知道一切都很顺利，如此顺利，他记不得太多了。

但他也大胆地走出了家门，进入了父母不了解的世界。他开始更大胆地考验自己，与同龄人相处。在学校、帮派、社会中，他与形形色色的人打交道，这样的生活让他乐此不疲。在家温暖安全，而他一只脚伸进外面的凉水中，试探自己的本事。

很快，他记起来，那个男孩学会了父母没有教给他的东西。他学会了借助各种方法、手段、策略达成目的，学会了勾心斗角、互换利益、放长线钓大鱼，他了解每个人的私心，并借此为自己谋利。他这样度过了高中和大学的某个阶段，然后是战争，最后是艰难的和平时期。他一直都在接受更残酷的教训。他不断地试错。有些有用，有些没有用。学习一切可能的东西。搞清楚哪些是可行的，哪些不可行，还有哪些是傻子才会干的。

所以，才有了现在的塔尔斯。年纪轻轻，才九岁，就出门闯天下，像老掉牙的故事中讲的那样。没有目标就出去闯荡了。他设法弄到了一个沿海的好工作，托关系找到的。年轻人春风得意，路都给他铺好了！他现在不是小孩子了，开始思考，哪怕不那么清晰，他也开始考虑讨个老婆了。

所以他想起了林恩？那是他的梦想吗？他努力不去想她。

所以，塔尔斯，明天，就要乘坐航班，跨越整个中部，并不打算中途停留，去看看家人。为什么呢？哦，工作，他会这么说。他们懂的。是不想停下来听他们的碎碎念，还要假装自己才九岁吧？

嗯，他想，人们可能已经安于一个对他们有效的模式，然后就绝不改变。如果他的模式有点不同，唉，争论也没用。爸爸就会说奉献。他一生也就是围着这个转，谁都看得到。这对他很有效。不管怎么说，效果很好。它成为一种人生向导，一种试金石……杰德可以看到。妈妈就会说爱——就是爱，妈的。他有点感伤地希望，希望世界就如他们所想的那样。他们怎么能保持那样的平静，不管是什么，他们怎么做到的，就像待在一个壳里一样安然祥和？

他们真是那样平静吗？还是他们被失望包围了？是否他们只是蜷缩在壳里，就像人们躲在堡垒里避难？这些天，他没怎么看到他们。他家的传统是尽量报喜不报忧。他们绝望了吗？

他不愿这么想。他认为，只要你接受了一个现实，戴上眼罩不取下来，再也不去看，只顾往前冲，迟早会赢得胜利的。

但你还年轻，在社会上摸爬滚打，你必须小心。是的，要出去，而不是回来。也就是说，仔细看看这个世界是怎么运转的。你不想被人摆布。

唉，塔尔斯是个聪明的家伙，好吧，坐在浴缸里，待在门后。他知道眼下是什么情况。

他绷紧了下巴。当然，这个小小的迂回，这次小小的探险。快点上路，塔尔斯！

还在说话，是埃迪叔叔吗？怎么里面还在叽叽咕咕？

"所以，我想，"埃迪说，"对你来说，最好的办法是从简单做起。偶尔找个轻松的活儿干。就是这样，内尔。"

他开始大谈特谈自己的信条："为别人服务，你干得好，他们乐意买单，你就赚到了钱。你是个有用的人，得明白这个道理。过一阵子，你会找到更赚钱的活儿，更好的工作。你会明白的，你就不会如此焦虑不安了。"

"你全都说过了。"她晃着脚踝说道。

埃迪不说话了，似懂非懂。

"走吗？"她喃喃自语。她把头靠在椅子上，转过脸来，闭上眼睛。

"我来拿可乐瓶。我想琼斯夫妇用不了多久就回来了。也许几个小时吧。累了吗？"

她没有回答。埃迪站起身来拿起瓶子时，瓶子与瓶子碰在一起发出哐当声。她慢慢地呼吸。

"我会待在大楼里。"他小声说。他的眼睛打量着房间。一切都井然有序，看上去不错。他拿起内尔喝可乐的杯子。

埃迪沉浸在他的思绪中，他那么焦虑、努力、患得患失，他机械地朝卫生间里的水龙头走去。

第十章

在从镜子里看到这个小个子男人震惊的眼神之前,杰德心里就对新情况做出了清晰的评估。穿帮了,好吧。算了,他利索地站了起来。那双受惊的眼睛仍然从镜子里看着他,不过杰德冲着他笑了笑。

没事的,可以搞定。

人的脑子有一种奇怪的能力,可以像录音机一样,回放之前听到却没太在意的东西。杰德立刻就知道可以摆平埃迪,也可以借机脱身。

从他无意中听到的对话来看,他知道埃迪对他的小侄女内尔一点也不放心。埃迪豁出去给她找了这份工作。埃迪知道她不可靠,说得好听点,尽管他竭力说服自己,一切都很顺利,但他所说的那些东西,不过都是他一厢情愿的希望而已，而不是真的确信。哦，是的。埃迪在撞大运，他倒是个靠谱的人。

杰德所需要做的就是利用埃迪的私心。这很简单。杰德会道歉的。他会说，什么都没发生，真的，只是喝了几杯，非常抱歉，先生，我要走了。他谁也没伤害，说得够多了。不需要再说些什么了吧？

杰德让他做的事情很简单，只要帮忙保持沉默就够了。埃迪尽可大大方方地让他走掉，还不用承担自己愚蠢行为的后果。埃迪会很乐意说再见的，只消说声再见。

再见，内尔，杰德会悄悄地说。然后就这样一走了之。

所以杰德站起身，他知道只要自己想，他就可以施展自己的魅力，表现出一副和蔼可亲的样子。就在他站起身准备开口说话时，那个小个子男人像老鼠似的吱了一声，猛地退到门口，惊恐的脸望着人高马大的杰德站在铺着瓷砖的昏暗的卫生间里。杰德没有去吓他，只是静静地站在原地。

但是内尔，她像只猫一样轻快地穿过807房间。她任性的双手里拿着一个沉重的立式烟灰缸，她把烟灰缸甩了过来。杰德高高举起手扑过去，却没有接住烟灰缸，烟灰缸一下砸到了埃迪的脑袋上。那块厚重的玻璃砸到瓷砖上，哐当作响，还发出阵阵回声。杰德怒不可遏地吼叫着，一把从内尔手里夺过烟灰缸，她尖叫着。

突然之间，那叫声听上去太吓人了。

只有埃迪没有出声。他非常安静地倒了下来。

有那么一刻，一切都暂停了。然后807房间的电话响了起来，与此同时，809房间里传来邦妮害怕的尖叫声。烟灰缸的玻璃组件暂时失去了平衡，在地上滚动着，最后停了下来，还完好无损。

"现在！"杰德粗声粗气地说，"现在，你……"他蹲在瘫倒在地的埃迪身旁。

内尔转过身，走到电话前，电话铃已经响了四次。

"喂？"她的声音模糊不清。

杰德摸了摸埃迪的太阳穴，又摸了摸他的喉咙。

"哦，是的，琼斯夫人。"内尔说，"我想我一定是在打瞌睡。"

杰德感觉到手下跳动的脉搏，终于松了口气。

"她睡得很熟。"内尔愉快地说，"哦不，一点也不麻烦。一切都很顺利。"

（其实邦妮一直在尖叫。）

杰德蹲在那儿，听着那个声音。挺酷的，语调里带着一丝丝兴奋，会让人误以为是热情。他感觉到孩子的哭声刺痛了自己，打了个哆嗦。他低头看着埃迪，茫然而沮丧。

"是的，她睡了，她听完故事就睡着了，琼斯夫人，希望您玩得愉快。"

内尔一边听着电话,一边转过身去看杰德在做什么,两人的眼神都很茫然。她的手举起来盖在话筒上。

孩子在里面的房间发疯了!闹个不停!

"琼斯夫人,请别着急,"内尔咕哝着说,"我不介意——什么?"

她故意表现得很惊讶,睁大了眼睛。"噪音?哦,我想您能听到街上的警报声。"

她小心翼翼地抓紧话筒,透过指缝说道:"他们只是路过,附近没有起火。"

她笑了。

"哦,不。祝您玩得开心。"她兴高采烈地说道,然后挂断了电话。

她表情僵硬。

"他居然没死,真是奇迹,"杰德咆哮道,"你这个小蠢货!"

"他还没死吗?"内尔心不在焉地说。

她走进809房间。

杰德的脑子麻木了,手却不自觉地小心地摸着埃迪的头。他的指尖碰触着埃迪干枯的头发,他把沮丧的思绪抛在一边,专心地观察着。看不出有什么伤,但至少没有出血。他轻轻地扶正埃迪的身体,抬起他,拖着他越过卫生间内的门槛,他伸手去拿厚厚的浴垫,把浴垫放在地砖上,轻轻地塞到埃迪的头下。他拿了一条毛巾,打湿了轻轻擦拭埃迪的前额、眼睛和面颊。

埃迪的呼吸似乎没事……有点费劲,但不是很困难。杰德觉得他的脉搏很稳定。当然,被打昏了,但也许……

他突然抬起头来。

邦妮没有尖叫了。吓人的尖叫声突然停下来了,空气中有一种不安的感觉。

杰德一动不动地跪在地上。汗水一路流到脖子上,感觉冰冰凉凉的,打湿了衣领。

露丝迈着优雅的步子缓缓走出电话亭。"祝您玩得开心"这话在她耳边回响。今晚可不行!这个胜利之夜!一个永远铭记在心的时刻。即便是现在,很快了,还有一个小时可以重温一次那个情景,彼得从椅子上站起身,她的心都要停止跳动了,他开始演讲,她的心紧张得怦怦直跳。她十分骄傲,因为她很快就知道所有这些礼貌的听众都在向那个人致意,而他刚开始还有点紧张和腼腆,仿佛在说,"天哪,我是谁?"

然后,彼得就开始得意地侃侃而谈了。每个人都感觉到了。一开始,还只是文辞通顺的语句,接下来,是飞扬的思想,恰到好处的遣词造句,令人叹为观止。最后,彼得充分发挥了他的天赋,直接将他脑中所知、心中所信和盘托出，人们都忍不住扭过头来。他们必须好好听听。

他仍旧很兴奋（哦，上帝保佑彼得！），正在收获他的奖赏。现在演讲结束了，他们把桌子推到四周，音乐响起来，人们三五成群地站着，而彼得就站在最大的一群人中央。

彼得正在收获一个晚上的赞美和荣耀，也许还有更多。也许这是真的！琼斯夫妇心想，有没有可能，有些人会记得、也许会保留和提到他演讲的一部分内容？

大获成功！但是对这美妙时刻的反复回味，也许会持续几个小时。

露丝握紧拳头。邦妮睡着了。那女孩是这么告诉她的。一切都很好。那女孩是这么说的。

但露丝站在满是镜子的大厅里，战战兢兢，她骨子里知道并非一切都好。

"别傻了！"她对着镜子里的自己说，"不要做这样的母亲！别扫兴！"

彼得从人群中探出头来看她，她给了他一个愉快的手势，意思是"一切都好"。

因为必须一切都好。

但刚打电话的女孩不像是同一个人。唉，声音还是那个声音，只是说话的方式不对。刚才打电话的女孩既不迟钝也不被动。她还不够傻！是的，她说话太干脆了。太……太高兴了！太傲气了，好象是在说："去吧，小琼斯太太，好好玩吧。别打扰我。"

"你别犯傻了！"露丝又对自己说，"怎么这么土里土气的，你要这么小家子气，破坏彼得的美好夜晚吗？你有病啊？"

她抖了抖身子，向前走。

"怎么了，哦，邦妮在那儿怎么了？"她心底一直在问。

彼得正全情投入，详细阐述他先前演讲中没有论述充分的内容。站在他周围的男人抽着烟，摆出一副从容而明智的姿态，时而点头，时而插进来引用一句彼得的话。"我前几天午饭时说过……""我对乔说……"就好像在上周或前几天他们想的跟彼得一样似的。他们一直在以某种笨拙的方式告诉别人彼得刚刚跟他们说的话。（啊，真是甜蜜的恭维！）

"还好吧，亲爱的？"彼得准备聆听露丝的心声。他经常能觉察到她心底的想法。但现在，当她微笑着说"内尔说什么事都没有，一切都很好"时，彼得没有听到她心底在喊"但我就不相信"。

"很好，"他捏了捏她，带她转过身来介绍，"露丝，这是埃文斯先生，蔡尔兹先生，坎宁安先生。"

"您好……您好……"

"您的丈夫真是才高八斗，出口成章啊，欧——嗯——琼斯夫人。

演讲很精彩，真是太精彩了。"

"我也这么想。"露丝甜蜜地说。

"伊莎贝尔，过来。转过身来，我想让你见见……"女人们小声说。

彼得说："所以说，一个人对你说'诚实是上策'，你都不必查他的祖宗八代，如果你发现他的叔祖父在三十年前偷了 50 美分，你就知道他说的话一定要打折扣。他说的话你可以同意也可以不同意。但是，如果他声称自己同意做人要诚实，又希望你和他一起抢银行，我希望你能看到其中的差别。事实上，你最好能知道差别。"

"对。"一个抽雪茄的人说。

"我认为，流氓嘴里也可以吐真言，但如果我们学会了把语言和行为做个区分，并且保持头脑清醒，流氓又怎么可能忽悠我们呢？"

"就像我对伊莎贝尔说的，我说……"

"您的小女儿多大了，欧——嗯——琼斯太太？"伊莎贝尔咕哝着。

"邦妮九岁了。"

"啊，我记得苏九岁的时候，"女人动情地说，"真是可爱的年纪，美好的年纪啊。"

露丝笑了笑，眼睛明亮有神。她没有说话。

第十一章

帕瑟尼亚·威廉姆斯夫人说:"我受不了了。"

"唉,妈,听我说……"这对母子站在安静的夜色中,儿子压低了声音说道。

"我受不了了,约瑟夫,你听到了吗?"

对于住在前面套房的老奥哈拉夫妇来说,一年又一年,大华酒店不知不觉让他们有了家的感觉。奥哈拉夫人身体不太好,但还没病到需要请护工的程度。不过,他们也不敢让她一个人待着。于是帕瑟尼亚·威廉姆斯夫人白天来,有时奥哈拉先生必须外出时,她会待到深夜。每次她待到深夜,她的儿子约瑟夫就会来接她回家。

他们站在安静的八楼走廊中,约瑟夫说:"你最好别管闲事,妈。你懂的,对吧?"

他是一个瘦瘦的神经质的黑人,带着天真无邪的表情。

"我心里有数。"他母亲说。

威廉姆斯夫人那张褐色的脸笑起来真是好看,她有着丰满的脸颊、上扬的嘴角和明亮的眼神。什么都挡不住她,谁都挡不住她在电梯里用那优美的嗓音说"早上好"。似乎她使出了浑身解数打听到了这些陌生人的零碎信息,所以她才会在走廊里冒冒失失却又极其友好地跟人打招呼:"夫人,您的邮轮旅行愉快吗?哦,那真是太好了!"奥哈拉夫人六十二岁,经常头晕得厉害,而依偎在帕瑟尼亚的怀里她感到很安心。她告诉奥哈拉先生,那种感觉就好像在丧亲三十年之后,到了晚年,她再次有了母亲。

约瑟夫知道他母亲的处事方式,他很爱母亲,但她的一些做法……这次他竭力反对。"有些事你管不到的——妈妈!"

"有什么东西把里面的孩子吓坏了,"帕瑟尼亚说,"她只是个小丫头。她住 809 号房,父母住在隔壁。我今天还跟他们说过话。她是个乖孩子。我可看不下去了,约瑟夫,别跟我说话。"

身材丰满的她,迈开大脚顺着走廊走了过去。

"要是她父母不在,应该有人哄哄她。她吓坏了,这可对她不好。"

"妈妈，听着……"

"行了，约瑟夫。她爸爸之前在问保姆的事，我知道他们打算外出。现在，要是她妈妈在的话，那就没什么事了。但我必须问一问。我可看不下去了，管不了那么多了。"

杰德站了起来。他的目光转向浴室的磨砂玻璃窗。他打开窗户阀，把窗户往上推，冷风一下打在他的脸上。

深深的中庭似乎很安静。他把头伸出去看着下面格子形的凹地。当然，他看不到底部。他也看不到邦妮的窗户，因为邦妮的窗户和这个窗户在同一侧。

他看见对面那个大妈正在房间里走来走去。她走到一把椅子旁，双手扶着椅背，又松开手走开了，又走回来。他只能看到她的腹部和那双焦灼不安的手。

他内心的恐惧还没有说出口，就已经消失了，他纳闷的是自己干吗要往窗外看。他还好奇那边的那位女士怎么那么生气，是不是因为她听到了什么？他思忖着，并且就在这时，他确定有人听到了所有的动静。

快走吧，塔尔斯，他警告自己，趁你有机会赶紧溜，你这个该死的傻瓜！在天塌下来之前，快溜吧，这家伙不会死的。他没事的，他只是在安静地休息。塔尔斯，你当心点吧！这家伙不会死的。"

杰德发现，现在他面前摆着一个绝好的逃跑机会。趁那个母老虎在809房间，塔尔斯可以从807房间溜走。他可以飞奔逃离这里。

就在他从埃迪身上跨过去时，他听到自己大吼："她到底在那里干什么？"

敲门声吓了他一跳。来不及了吗？他哀叹。他的目光测量着从所站的地方到809房间的距离。就在那儿，他记得，钥匙就插在邦妮的房间门内侧，门牌标签还在晃悠呢……他必须从那里出去，这时他听到有人敲807房间的门，不碍事。他又摆摆手，不行。不管谁在敲门，他一旦出现在走廊上，怎么走得过去呢。他想，他可以走过去，他最好走掉。

就在这时，他看到内尔挡住了路。她看着他，伸出左手，仿佛在说："别动。"杰德摇摇头，浑身肌肉紧绷，准备冲出去。但是内尔速度太快了，从807房间的那一头跑过来，她的速度太快了，杰德只得又缩回了刚刚藏身的地方，这时她打开了门，麻烦来了。

"什么事？"杰德能看见她的背（她还换了身深色裙子），还有她的下巴，她极其冷静地抬着头，他在心里默默地骂她。

他听到一个男人的声音，一个很官方的声音，冰冷而坚定，但声音很深沉，又不像男人的。

"我听到小孩哭得那么厉害,"那声音说,"有什么我能做的吗?"

"嗨,不用。"内尔冷冰冰地惊讶地说。

"你帮琼斯夫人照顾小女孩吗,女士?"

"是的。"

"很好。你知道,我和小女孩还有她妈妈说过话……她可能认识我。我想也许我能哄哄她。"

"她现在没事了。"内尔要关门,但是帕瑟尼亚的一只大脚跨了进来。

"我跟孩子打交道经验丰富,我跟小孩似乎总是相处得很愉快。她很害怕吧,可怜的孩子?我听到她哭了。"

"只是做了个噩梦。"内尔冷漠地说。

"走了,妈妈,"约瑟夫说,"你问过了,现在走吧。"

"你又是谁?"内尔盯着他,厉声说。

"这是我的二儿子。"帕瑟尼亚自豪地说,"我有三个儿子两个女儿。是的,女士,家里孩子多,但我把他们都抚养成人了。听到孩子哭得这么厉害我就很难受。就像我自己受伤了一样。可怜的小娃娃……好奇怪啊……"

她说起话来就像在唱歌,哼摇篮曲似的。

"我知道这不关你的事。"内尔冷冷地说。

"也许是吧。"帕瑟尼亚说,但她的大脚还一动不动。她那肥胖身躯下的大脚算是饱经风霜了,脚趾囊肿、脚底板歪斜……却结实又顽固。

"也许是不关我的事。"那温柔的声音悲伤地说,"但我必须努力让我不伤心,我不禁想哄一哄她,女士,不管那孩子在哭什么。"

"她现在没有哭,"内尔烦躁地说,"你心里难受,那真是太糟了。请让我把门关好,行吗?"

"妈妈——"

"你做过噩梦吗?"帕瑟尼亚带着令人无法抗拒的善意问道。

"如果你再不走,我就要叫人了。"

"妈……对不起,小姐……妈,走了。"

"我一点都不开心,"帕瑟尼亚悲伤地小声说,"这是事实。只是,"她柔和的声音恳求道,"我能确定她不再害怕了吗?你一定要知道,小孩子,晚上有时会害怕。如果不好好哄哄他们,会影响他们的身体发育。"

"我把她哄好了。"内尔啐了一口,接着口气又变了,"但谢谢您的关心。"她用甜美的嗓音哀怨地说,话里却带着点威胁的感觉,"我想您是好意,但我真的不能请您进来,我不认识您,也不认识这位男士——"

约瑟夫粗暴地把老母亲从门口拽开。

"那么,晚安吧。"内尔关上门的时候,帕瑟尼亚可怜巴巴地说,"如果我是白人,我就不会——"

"嘘!"她儿子说,"快走,坐电梯,回家。她就是个麻烦。"

"麻烦。"他母亲喃喃地说。

"你应该搞清楚点,妈。我告诉过你了。我们不能愚弄那个白人女孩。相信我,她不是那个女孩!"

"我没骗你。事情不对,约瑟夫。孩子的妈妈不在。这让我很不开心。"

"听着,妈,你最好开心点,因为你管不了。你知道的,不是吗?就算你次次都是对的,你也不能插手那个白人女孩的事情。"他颤抖着按电梯。

帕瑟尼亚一边等电梯,一边严肃地说:"没有孩子,没有孩子能那样迅速摆脱噩梦。没有孩子能做到。约瑟夫,谁的孩子都做不到。"

"你什么也做不了,妈。算了吧,行吗?"

电梯来了,门开了。帕瑟尼亚的大脚犹豫了一下,但她最后还是走了进来,电梯下行,约瑟夫叹了口气。

他听到她咕哝着:"不,我不去。"

"我们消停点,吃点东西好吗?"他紧张地说,"你饿了吗,妈?"

她没有吭声。

"妈?"

"我觉得今晚我消停不了,儿子。"帕瑟尼亚说。

"你不饿?"他抓住她的手臂,把她推出电梯,拐个弯,从后门出去。

帕瑟尼亚看着星星说:"不,我会闹事儿的,我不去。"

第十二章

"……黑佬!"内尔说。

突然间,杰德刚才冷静的逃跑念头顿时化为乌有,他怒火中烧,觉得非痛骂她一顿不可。

"你这只该死的母老虎!蠢货!傻子!你干这些咋想的?你把他打晕了,这是啥意思?你到底以为自己在干什么?你愚蠢的脑子里动的什么歪脑筋?回答我!"

他使劲晃着她。她的深色裙子太短了,而且,这裙子的剪裁其实适合更妩媚的身材穿。所以她有点年轻,嫩了点,穿着这身衣服显得老气又古板。她抬起头,仿佛一条蛇准备攻击时抬起头似的,她小小的锥子下巴上的小嘴上看起来都像有毒。她的脸色泛着发黄的光泽，皮肤光滑得没有皱纹，谁都猜不出她的年龄。

"回答我！"

她生气了。"你干吗啊？"她大喊道，"你不是不想被人看到吗，是不是，是不是？"

他能看见她的瞳孔，仿佛蓝色田野上的针尖。

"你才是蠢货！"内尔嚷嚷着，"你不想让他看到你，对吧？刚刚他就走进去了！"

"所以你就要杀掉他，嗯？就因为他走进去了？所以你不在乎他的死活？是吗？"

"他不会死的，"她轻蔑地说，"我打得没那么重。"

"你他妈的打得不重！你打他的时候吃奶的力气都使出来了！幸亏你没有……"

"你想被看到吗？"她压低声音呵斥道。

"这么说你还帮了我一个忙咯？别再好心了！"他一只手捏着她的两个手腕，把她推到一边。他突然想到，过去这么久了，看起来好像没有人报警。什么都没发生。他一边使劲儿拽着她走，一边透过百叶窗帘往外看。

大楼对面的那位女士就站在那儿。他能看见她的手放在椅背上。

他把内尔推回房间中央。她跌跌撞撞地，毫不反抗，尽管她看上去有点生气。她说："我还以为你不想有人看到你在这儿呢，你表现得就是那样子。"

他盯着她，干巴巴地说："这个矬子想进去，他完全有权进去。他没有做他不应该做的事情。"听到这话她什么反应都没有，面不改色。他还不如说外国话呢。

"你没想过，嗯？"他嘲笑道，"我想，你'只是当时没去想那么多'吧？"

"我觉得，你不想让他看到你。"

"所以，你就让他闭上眼睛了，听上去很合逻辑嘛。太了不起了！"杰德很想扇她一巴掌，把她痛打一顿，要揍得比过去他揍过的人都狠。他把手从她身上拿开，好像她会脏了他的手一样。"好吧，那你自己又得到什么了？你又有什么好处？"

她似乎没有听懂。

"我打算走的。想起来了吗？我现在还是要走。有可能的话，我会走得更快、更远。别以为你能用什么谎言陷害我，"他怒吼道，"我要走了，"他打了个响指，说道，"就像烟一样！你不知道我是谁，我的名字，我从哪里来，我要到哪里去。你在这个世界上再也见不到我了，内内小姐。我想说的是，你本可以……也许那样做会好得多……本可以让你叔叔埃迪带我出去的!你明白吗?能听懂吗?"

她什么也没说,但她稍微动了一下,绕过来。他想,她这是打算挡着他,不让他出门。他哈哈笑起来:"一根筋,你的脑子。一根筋内尔。一次只能做一件事情吗?听好了,自从我发现你只是个保姆后,你就再没有机会把我留在这儿了。绝无可能了,一点儿机会都没有了。所有你这些胡闹……"

"为什么不能?"她说。

"这么说吧,我过敏。"杰德没好气地说,"算了。我不想跟孩子玩儿。"

他的手紧张地在空中挥舞着。"跟那个没关系。他们不跟我玩儿,我也不跟他们玩儿。"

他不喜欢这话。他迅速换了话题,"想想你自己吧,快想,内尔。你给自己挖的坑,怎么跳出来,我可不知道。"

"我会跳出来的。"她漫不经心地咕哝道。

他没有听。他在听别的东西。"里面很安静。"他喃喃自语。

"她没事。"内尔漫不经心地说。她的眼皮好像肿了,鼓了起来,整个人昏昏欲睡似的。

"你跟她说了什么?"

"我告诉她不要害怕。有人摔倒了。"内尔突然哈哈大笑起来,露出一排牙齿。"有人摔倒了。"她咯咯地笑着。

"还真是。"杰德若有所思地说。他的怒火仍在心里翻腾,但他尽力克制住了。他有一种不安的感觉,最好别相信如此简单的回答。他绕过一张床过来,朝卫生间里看了看。"知道吗,别人会以为埃迪失踪了?你自然是想不到这一点的。"

"不会失踪的,"她无动于衷地说,"他只是下班了。"

她坐下来,双脚并拢,看着自己的脚。她的脚趾稍稍动了一下。

埃迪还是跟先前一样,还在昏迷中,不过呼吸顺畅多了。杰德转过身来。

内尔撑着胳膊肘,笑了起来。

"带我去跳舞呗?"她挑逗地说,"小约翰?"

"跳舞!"他气得要爆炸了。

"埃迪叔叔现在不在电梯上。"她似乎还以为她在解释什么!

他想说,我宁愿跟眼镜蛇跳舞也不跟你跳!但他说:"那在这段时间里,谁看孩子?"

"这是个愚蠢的活儿,"她说,"我才不喜欢呢。"

他欲言又止,面对着她坐下。似乎很有必要搞清楚她脑子里缺了什么,似乎很有必要用理性来反抗非理性,似乎很有必要设法穿过一堵迷雾的墙,把事情弄清楚。他相当耐心地说:"你现在有麻烦了,你不知道吗?"

"什么麻烦？"她气呼呼地说。

"你干掉了这人，这个埃迪叔叔。好吧，接下来会发生什么？向前看一点。琼斯夫妇的派对结束，要回来了。卫生间里有具尸体。你打算怎么解释？"

"这只是埃迪叔叔。"她喃喃地说。

杰德双手抱头。他本想只是做个夸张的姿势而已，但他真的抱着头了。

"现在，仔细听着。"他说，"接下来会发生什么？这是将来时。后果是什么，你想过吗？"

她爆了句粗口，让他大为震惊。

"……埃迪叔叔不会说是我打了他。"

他不得不承认，他就是照这个逻辑推断的。这会儿，他被挡住了。"好吧，"他耐心地继续说，"那么埃迪就不会告发你了。但这是怎么回事呢？难道他把自己打昏了？是什么把他打昏了？谁打的？难道你不明白吗？你必须给个说法！"

"我可以说是你干的。"她平静地回答。

"等我走了，你的确会这么说的！"他怒不可遏。

"除非我们去跳舞。"

他站了起来。这次他狠狠地说："我宁愿跟一条眼镜蛇跳舞！"

"你刚来的时候你问过我……"

"那个时候,"他厉声说,"我还不知道自己要跳进一个什么样的坑!现在看到你干的混账事,我收回说过的话,明白吗?"他一边走来走去,一边说,"你为什么不先想想呢!我就不明白了,你把他打晕了,你就没有脑子吗?你难道想不到结果吗?你就完全无所谓吗?有没有想过怎么办?有没有提前想想?你到底是怎么回事?你怎么会这样做?"他冷冷地低头看她,"我觉得,你就是个疯子。"

这话说起来挺容易,直接脱口而出,这是杰德第一次真诚地说这句话。他确实认为她疯了。

她缓缓地抬起头,准确地说是扬起了脖子,就好像之前蜷着的脖子现在伸直了似的。她说了几句脏话。然后她尖叫着,用手抓他,他双手挡她,她则野蛮地咬他的手,还不断尖叫道:"不,我没疯!不,我没疯!收回你刚说的话!收回去!"

他想稳住她,可并不容易。他把她牢牢地抓住,用手捂住她的嘴。"住嘴!住嘴!你会吓着孩子的。你会招来警察的。"

她还在拼命尖叫:"收回你的话!"

"好好好,我收回,如果这让你好受点的话。所以你是有远见有智慧的楷模。所以什么都行!所以别说了!"

她闭嘴了,似乎满意了。杰德郁郁地想,她听不得"疯"这个词,但这只是个措辞问题啊,"我收回"这句话也同样有力,太疯狂了。

他觉得冷。他希望这不是真的。她是个疯孩子、野孩子,这只是俚语呀,一句土话而已。她完全糊涂了,不知道怎么停下来,动动脑子。他告诉自己事实就是这样,但他感到悲伤和寒冷。他不知道该怎么办。他抱着她,觉得她整个人软弱无力,然后他知道了,她并不是那么无力,而是被紧紧抱着,让她太过高兴了。

他小心翼翼地松开了她。他含糊地说:"我们为什么要吵架?动静太大了。"他听了听周围。孩子的房间里没有声音,他舒了口气。

"幸亏她没有再嚎,我再也受不了她叫了。"

"我知道,"内尔咕哝着,脸上闪过一丝蔑视神情,"我知道将来会怎么样。"

"有时我说话太多了,我需要的是……和我一起把这干了?"他尽量小心翼翼,从口袋里掏出酒瓶,"还好,这玩意儿还没打碎。啊,来一杯?"

他茫然地环顾四周,准备倒酒。

她双手夺走他手里的酒瓶,她想直接就瓶子喝酒,这主意似乎让她很开心。

他说:"喂,琼斯一家去哪儿了?"

"啊?"听上去她跟他一样漫不经心。

"我在想现在多晚了——他们是在剧院？还是在某个地方开派对？"他假装放松。

她手里还拿着瓶子。她拿着酒瓶走到两张床之间，坐在其中一张床的床头旁。

"我不知道。"她含糊地说。

"狂欢，嗯？听起来像是派对。什么人的公寓？"

"该你了。"她把瓶子递给他。她一脸使坏的表情，说："我知道以后会怎么样，小约翰。每个人都知道。"

"我想是的。"杰德说。

她从两张床之间放电话的床头柜上拿了一张纸条，用手对折起来。"你觉得我很蠢吗？"她侧眼看着他问道。

"有时候，每个人都很蠢。约翰夫妇不说他们去哪儿了，看起来有点傻，要是孩子病了之类的怎么办？"

"是吗？"内尔欢快地说，"你的意思是他们应该想得远一点？对于未来的事情？"

"我说过未来的事吗，没有吧？"他咧嘴笑了。他在想，我惹毛她了，肯定是的。想到这儿他心里好受多了。

内尔懒洋洋地把纸条撕成碎片。杰德把酒瓶递给她，她把碎纸屑扔到了地毯上。太晚了，杰德眼睁睁看着纸片掉落地上。就在刹那间，他突然明白了纸条上写着什么,以及她为什么要撕碎,还有她是怎么骗他的,还有她狡猾的笑声。

他很懊恼。他希望自己能忍着,不要让人看出来,也不要生气。他自我安慰,他们可以从楼下前台知道孩子的父母去哪儿了。他克制住自己的怒火,说:"对了,火灾是怎么一回事?"

"火灾?"内尔抚平床罩。她抬起头,似乎只要他想,她挺愿意谈这个话题的。对她来说根本就无所谓。

"我有点懂你叔叔埃迪说的话了。"

"哦,那个。"

"是你的房子被烧了吗?还是你父母的房子?我想他是这么说的。"她没有回答。"让你难过了吗,内尔?"

"他们是这么说的。"她羞涩地说。

"谁?"

"哦,那些医生,埃迪叔叔,玛丽阿姨,都这么说。"她皱起眉头,"玛丽阿姨今晚去看演出了。"

"哪里起火了?"

"家里。"

"是个小镇,对吗?"

"确实不大。"她蜷缩着双腿。

小镇,好吧,杰德心想,会不会是他们放她走的呢?但他很快又想,不,不,一定是做过检查了。不过,他还是忧心忡忡地思忖着。很可能,埃迪来了,他很乐意而且很急切地想带她远离那里。也许,镇上的人都不愿去面对这件事。隔了那么远,内尔跟那个小镇没什么瓜葛了。

"所以这是一起意外。"他说,"好吧,我告诉你,你要把眼光放在将来,另外,过去的事情也要留心,因为过去的事情会累积起来影响将来。你明白吗?"

她皱起了眉头。

"这次事故,你父母都死了?"

"这是一个意外。"他听到她抬高了音调。他知道这是个威胁。她在警告他,当心!这让他想起了那个使性子的尖叫声。警告他,要当心!危险!前方是敏感地带!

"好吧,我告诉你,"他拉长调子慢吞吞地说,"这挺有意思。你出了一次事故,天哪,太惨了。人人都同情你,可怜的内尔。"她身子蜷缩着,很紧张,就像一根卷曲的弹簧。他试图注视她的目光,可她的眼睛里一片蓝色。他继续慢条斯理地说:"但你经历了两次意外,第二次和第一次不一样。所以,真的很有意思,有了第二次,第一次出的事立马显得没那么糟糕了。"

她脸上毫无表情,要么是因为他刚说的话戳痛了她,要么就是她完全没听懂他在说什么。

"记住过去的事情，不是坏事。"他懒洋洋地说。

她说："他们没有对我做任何事情。"

她脸色阴沉，但杰德感到她一定知道点什么，让她很难受。

他注视着她，尽可能平静而镇定地说："我说的……第一场意外不是火灾。但类似的事情会有个叠加的效果，会让人更难以承受。因为重重叠加，一加一大于二，这就有问题了。所以，也许你最好不要梦游。"他温和地说完了。

她没有动。他想，终于结束了。

瓶子空了。现在他振作起来，站起身，悄悄地走开了。

伊娃·巴卢小姐相信很多事情，其中一个就是职责，所以她准备走过去打电话；而另一个她相信的就是正义，所以她又退到椅子这边来了。

但无论她的信仰和良心多么坚定，巴卢小姐是一个行动上的矮子，而且她知道这一点，并且她一生都在与自己的软弱做斗争。现在，她很清楚地意识到，她已经被鼓动太多次了……三次吧……她花了太多时间……太多、太多时间……来决定该做什么。

有时，如果你花时间做决定，到最后往往就是觉得没有必要做了……巴卢小姐深感羞愧,备受煎熬,最终她走向电话。

但是……

她又走回到椅子跟前。她用拳头猛击椅背,疼痛提醒了她。正义。很好。如果正义获胜,那是因为这需要更多行动的勇气,而她是个懦夫,并且还不想承认自己的懦弱。

她去梳妆台拿了包(不带包就像没穿衣服似的),马上离开了房间。她走出房间,在心里不断鞭策自己,在八楼较宽敞的地方不停地绕圈子。

内尔没有动。杰德站起来说:"再见。"他对她有一丝怜悯之情,她是个迷途之人,也没有心灵的罗盘指引她回到正轨。"再见。"

又一次,有一个人的指关节轻轻地叩响了807的门。内尔站起身,露出狡黠的眼神。

"哦,不,"杰德轻声说,"哦,不,女士,别再来了!这次别来了!"

他走了。塔尔斯消失了,他必须走那条路,走过那扇门到孩子的房间,到809,接着在身后关上门。

第十三章

　　巴卢小姐又敲了敲门。她心中怯怯的，尽量做出一副生气的样子。她知道里面有人，难道他们以为自己还可以躲起来？

　　可是门开得如此之快，使她大吃一惊。开门的是一个穿深色连衣裙的女孩，年龄不是很大，她碧蓝的眼睛看着巴卢小姐，尽管她的声音很低，话音中却带着不可遏制的愤怒，她说："你想干吗？"

　　"我叫伊娃·巴卢。我的房间在中庭对面的这一层。"巴卢小姐的话和她自己一样干净，有条不紊。她喜欢从头开始说。

　　"嗯。"女孩似乎在听，但没有听到，就好像她在听别的东西。在巴卢小姐看来，她的愤怒也是针对别处的。

巴卢小姐想引起她的关注，更加斗胆地说："在我打电话给酒店经理之前，我想请你解释一下，这样对你更公平。"

"解释什么？"

"解释这两个房间里发生了什么事。"巴卢小姐大声而坚定地说。

"我不懂你的意思。"那女孩正看着面前这个人，但又对她视而不见。巴卢小姐想，她似乎也是在这条空荡荡的走廊里找什么别的东西。

"房间里有个孩子。"巴卢小姐冷冷地说，"她是你的孩子吗？"

"我在照顾她。"

"我明白了，"巴卢小姐一板一眼地说，"是的，我就是这么想的。这里有男人吗？"

"一个男人？"

巴卢小姐很想大喊，拜托了，你看！

"我看到那个人了，"她厉声说，"所以这是一个不必要的问题，你不必回答。"她可以看到807房间里面，不过至少她还看不到其他人。一个小丫头还不至于让她吓得打哆嗦。要是那个人走掉了……巴卢小姐又鼓起了勇气，她好奇地问："那个男的是谁？"

"听着，你不能……"

"那孩子，"巴卢小姐冷冷地打断她，"哭了两次，哭得非常伤心。而我在这里还看到了一些奇怪的事情。我必须要一个解释。"

"你算老几?"内尔开口道。

"如果我得不到一个说法,我就会叫楼下的人来。"巴卢小姐傲慢地说,"首先,"她又把话从头说起,"先前你和孩子待在窗口,对吧?"

"是的,是的,"内尔不耐烦地说,"你到底想——"

"我已经告诉过你了。我在想我要不要担起这个责任,给经理打电话。"

"你这是何必呢?"内尔向她走近一步,走到门外。她飞快地瞥了一眼走廊右边。

"因为,首先,在我看来,那个小女孩差点从窗户边掉下来。"巴卢小姐厉声说道,同时希望这个女孩能认真听,不要跟看不见的东西较劲。

"哦,这倒没有,"内尔漫不经心地说,"你偷窥时一定注意到了这一点。"

巴卢小姐愤怒地昂起了头,毫不让步。

"不管是不是偷窥,我都想见见那孩子。"

"见她?"巴卢小姐第一次觉得她的话受到了重视。

"是的,亲眼见见她。"

"你真好意思说!"

"不管怎么样,要是不让我见她,我就打电话给相关部门。"巴卢小姐扬起眉毛,这回够粗鲁了,搞定。

"我不知道这是怎么了!"内尔恼怒地呜咽着说,"你想见她干什么?她在睡觉呢。你在胡诌些什么啊?"

"她为什么叫得那么吓人?"巴卢小姐眯起眼睛。

"什么时候?"

"第二次了,行了,小姐,别遮遮掩掩了。"

"什么?"

"我想你最好让我进去。"

"你给我听着,"内尔说,"我是来照顾她的。你是个陌生人。我怎么能让一个陌生人进来?我怎么知道……"

"你不让陌生人进,"巴卢小姐附和道,"你不让陌生人进,但除非我亲眼见到她,否则酒店经理或者侦探就一定要来。"

"关你什么事啊?我不明白——"

"你怕让我见到她吗?"

"我才不怕呢,"内尔尖声说,"但我不能让你见她。我不应该这么做。你说什么责任——"

"嘿,瞧,我是个教师。我很确定我长得像个教师。你应该看得出来我是一个负责的人。"

"你想挑事儿。"

"恰恰相反,我希望你能明白,我原本可以直接打电话到楼下的,但我觉得,就像你说的那样,要是没什么理由,就不该制造麻烦。所以我才不嫌麻烦地走到这里来。所以应该给我个简单解释,要是孩子好好的,睡着了,那就什么事儿都没有了,你听明白了吗?"

"如果随便哪个老人来,我都让进,她妈妈会怎么说?"

"你在这里招男人,她妈妈会怎么说?"巴卢小姐还会用同样的语气说"你抽大烟"。

"他走了。"女孩的眼睛又向右边瞅了瞅,"她好着呢,她在睡觉。"

"很抱歉,在你明确说了之后我还要坚持,但我看到……"

"看到?"

"也许你还不知道你房间百叶帘的高度,刚好让我能看到里面。"

"看到哪里了?"内尔又抬起了头。

"看到孩子的房间。"

"房间里很黑。"内尔傻乎乎地说,也许是有点打瞌睡了。

"不完全是,有一点点光,也许是透过连接门照进来的。"

"光?"

"那孩子确实很突然地停止了尖叫。"巴卢小姐说。内尔的眼睛往一边瞟。

"你看到什么了?"她问。

露丝并没有专心去听女人说话。她更愿意跟一群男人在一起聊天，她觉得，那样的聊天一定更有价值，更有营养，只会多，不会少。这些女人，来自四面八方，聊不起八卦，由于她们拿不准谁是谁的丈夫（当然露丝的丈夫除外），所以就连论资排辈的乐趣也没有了。

露丝除外。她原本可以好好表现一下自己，因为所有的女人都注意到了她挽着演讲者的胳膊闪亮登场，可她的心思不在这里。

她还有一点小小的迷信，生怕自己太自作聪明了，反倒有坏事发生。她觉得，不管自己的想法是否荒谬，她站在这里，在这群花枝招展的女人中间，仿佛正如履薄冰，正在冒险。她心里在说"是的,的确如此"，一次又一次，危险的感觉让她的心怦怦乱跳。

彼得从他那群人中大步走出来，把她从她那伙人中拽出来。他俩踩着音乐的节拍，步履一致，就像周六晚上在家里一样。

"怎么了，亲爱的？"

露丝抬起头来，眼神忧虑。

"现在，我想之前骗了你。"

"嗯，你担心什么？邦妮吗？"

"我肯定我很傻。"

"不，你还不确定，"他说，"电话里说什么了让你这么不安？"

"我不知道。"她把手放在他袖子上，"可能只是因为我少见多怪吧，这个大城市让我害怕。听着,彼得,我是个成年女人,即便我并不总是表现得很成熟。让我做点什么吧,我打车回酒店看看吧,我会没事的,我会再回来跳舞跳到天亮。我不会扫你的兴的。"

"我们现在就可以走了。"这回他来给她建议了。

"但是……聚会!"

他咧嘴笑了,承认聚会很有趣。

"这位来自芝加哥的先生,我想说几句话……"

"去吧。求你了。如果你跟我走了,我会感觉很糟糕。你不能走。"

"我的咆哮之夜。"他咧嘴笑着,"有出租车费吗?"

他会放她走的。彼得不会让她扫兴的。

"一分钱也没有。"她承认。

他带着她步履轻盈地来到了挂镜子的出口,他捏了捏她,放她走,又给了她一张五美元的钞票,说道:"宝贝儿,给你这些钱的陌生帅哥谁都别信。"

"我才不会。"露丝想,我不相信陌生人,不相信那个女孩。这才是我的问题。

她只让他陪自己走到了更衣室,不能走太远了。他掏出她包里的小手表看了看,严肃地说:"你这个点儿走,一会儿就到城市的另一边了。"

有人在说"哦，琼斯"，抑或，"欧·琼斯"。

露丝朝他笑了笑，走了。她顿时觉得离开那里，逃出来，自由了，真是感觉好多了。

一个门卫给她叫了辆出租车。一个穿晚礼服的年轻女子夜间独自打车，这个城市对此毫不在意，没人观看，没人评论。城里的人各有各的事情。

夜晚，外面的街道上，有很多人，都在想着自己的事儿。露丝心想，成千上万的人，不只是这里，成千上万个其他城市里的人，他们也都不曾听说我，也不会听说我。她想，对我们每个人来说，我，以及他们每一个人，不过都是彼此的陌生人而已。

第十四章

杰德站在黑暗中。他听见巴卢小姐的自我介绍，立刻知道这就是对面那个老女人。透过邦妮的百叶窗帘，他可以看到，她的房间仍然亮着灯。

他琢磨着，他有没有可能逃出去，绕过她俩，又不引起任何骚动。也许内尔会让她进807房间。但要是没有……他想从另一个方向绕着较宽敞的那块区域走。他印象中觉得好像这做不到，因为那只是一个U形的空间，也许前面是套房，走廊两边都是死胡同。

他又琢磨着，是否可以装作敲陌生人的门，上帝保佑，别这样，他虔诚地想。对塔尔斯来说，这些酒店房间太奇怪了，天知道里面是些什么人呢。

他在脑海中排练他的出逃。

他是真的要走,全身而退。没想到还真有比在机场过夜更糟糕的事情。

他知道,电梯后面就有楼梯,可以下去。好吧,他可以快速走过去,他有一双大长腿,他可以的。他记得,所有东西都在房间里。他知道具体的位置。他轻装旅行,没什么可拿的。他想,他可以在60秒内进出那个房间,带好所有的行李离开。

然后,就让她尖叫吧,她满口的谎言。

他毫不怀疑,她肯定会说些谎话,好吧,要是有必要的话。或者,她那时觉得撒谎很好玩,也未尝不可,要不就是她在生他的气。而且,他觉得,她的确就在生他的气。

还没跳舞呢!

除非他之前花几分钟用几句话成功地向她脑子里输入了这个全新的想法——谨慎行事。当然,之前他也一直在琢磨那个孩子,他一直在努力地朝她脑子里灌输这个想法——伤害那个孩子是很危险的行为,完全不可取。

这样塔尔斯就可以溜之大吉了。

该死,塔尔斯一定得离开这里!糟透了!也许,埃迪遇袭,人们都不会怀疑内尔。这么久了，把事情弄得一团糟，算了，就这样吧。埃迪即便不是迫不得已，他也会说有什么东西砸中了他，但不知道是什么，然后就眼前一黑，如此云云。对埃迪来说，这么说不就是最简单的吗？埃迪完全可以这样自欺欺人地说事实就是如此。

所以，塔尔斯现在身陷困境。蹲监狱，求保释，发电报找人帮忙。他那份位高权重的新工作，平步青云的一大步，会安安静静地等着法官判他无罪释放吗？法官会判他无罪吗？

简直疯了！他咬牙切齿地想。一个麻烦会带来另一个麻烦。他必须离开这里。孩子和保姆与他有什么相干！天哪，这又不是他的孩子，不过是陌生人。全都是陌生人。要是孩子的父母什么都不知道，又或许他们压根儿就不在乎，他愤怒地想。他们打扮得整整齐齐地去舞会了，玩儿得不亦乐乎，说不定现在喝得烂醉如泥了。塔尔斯又瞎操什么心呢？

他为什么这么生气？

另外，如果埃迪，那个电梯工，伸长了脖子被砸中了脑袋，又与塔尔斯何干？他才不同情埃迪呢。那是埃迪自找的。

他还站在那儿，就在 809 房间里，还在听。他不知道自己在等什么。没问题，真的，但塔尔斯最好快点溜掉。那个大妈现在硬气了。听听她说什么吧。"我要看看那孩子。"每一个字都冷到极点。听上去像个顽固的老太太。

"她是白人。"他想,他不太明白自己怎么突然冒出这个想法来。

内尔在拖延时间,但他认为那个老太太会彻底碾压她。他轻轻迈出一步,他最好快点走。

现在得加快脚步。他想,一旦逃出酒店,她们再怎么都白搭!他要溜掉,他从来就没来过这里。他会走得无影无踪,隐没在镇上千千万万人中间。到时候他早就溜掉,像一股烟一样消失了。

然后他又回到了自己的轨道上,平步青云,一切如他所愿。

压根儿就没人会知道这件事的。他们怎么可能知道呢?他们有必要知道吗?

孩子睡着了,不管怎样,外面的大妈要发飙了,她铁了心了。他没必要卷进去。让她来吧,她就是那类人,这样比较好。他何必重复她准备做的事情?

不过,他出去的时候也许会在桌上留个纸条什么的。他在自己的房间里听到了这里的一阵骚动。这也是老女人说的。再给酒店留点儿小费。然后,内尔拦不住她了。

他的眼睛已经适应了这里的黑暗。他可以看到远处的床还是十分平整的,另一边,那个小孩肯定睡得正香。

有意思的是,之前他与那个母老虎拉扯的时候,小女孩还没醒,她之前可不是这么安静的呀。

她的床太平整了。

他突然觉得头皮发麻。

他蹑手蹑脚走了几步,来到 809 房间。当然了,这个小姑娘那么瘦小,她躺在床上肯定也不会鼓起一个包。他不知道。他……天哪……竟然没看到有人睡觉!他不知道是不是大家睡觉都这样。

床上根本就没有人!

塔尔斯看看窗户,突然感到一阵眩晕,那种眩晕感就像在咖啡杯中搅拌的奶油直打转一样,突然他听到什么东西砰的一声砸到了地板上。

他跪在两张床之间黑乎乎的空隙里,什么也看不见,只能凭感觉摸索。什么东西在扭动。他想开灯,却又不敢开。他的手指碰到了一个小小的、冷冰冰的、小小的……是什么?肩膀?是的!他摸到了一根软软的辫子。他摸索着,找那张脸蛋、那温暖的嘴唇、她的呼吸,但他碰到的却是一团织物。

该死的、该死的臭婆娘,她居然把小女孩绑了起来,还堵上了嘴巴!天哪,这该死的,心坏透了!唉,可怜的小家伙……

"邦妮?"他低声说,"邦妮·琼斯?哦,邦妮,可怜的孩子。听着,亲爱的,我不会为了勒索一百万来伤害你的。"他的手摸索着。天哪,她的两只脚也绑到了一起，两个手腕也是。太狠了，用的是长筒丝袜，他猜，堵着孩子嘴巴的也是这长筒袜。

"亲爱的，你从床上摔下来了？噢，对不起。我很抱歉。不过千万别出声。"

哦，老天，小孩子怎么会不出声呢！一旦给她松绑，她怎么可能不大喊大叫！他很清楚这一点。她一定忍不住的。她一定会大喊大叫，一旦能张嘴，她必定要弄出点动静来。

但不能让她这样！否则塔尔斯永远都跑不掉了。

现在，他能怎么办？他脑子里各种念头乱得就像一群受惊的金鱼在鱼缸中乱窜。

抓住她，照现在这样？带上她？对，把孩子扛在肩上，从另一道门出去，从那两个女人身边跑过去。当个绑匪！

妙计啊！不，不，最好别这么做。

他跪坐在脚后跟上。他用手抚平小女孩的头发，试图安慰她。他冷冷地想，这么说你有麻烦了，塔尔斯？

但紧接着他脑子里的各种念头又乱成了一团糨糊，他惊慌地想，该死，不行！他想，我得搞定这个小孩，再出去！

为自己想想吧，塔尔斯！没人为你着想。他又想起了这话。这才是行动指南，试金石。

好吧！动动脑子！除了被绑起来了，这个孩子不会再遇到什么事情了。外面的女人就够让内尔应付得了。而他，杰德，会给酒店通风报信。所以，再给他五分钟，五分钟，事情就会发生转机……

他蹲在地上，在黑暗中，可以听到城市的喧嚣。这声音起起伏伏，像大海上的泡沫一样，躁动、冷漠，既变化无常，又恒久如是。他看看自己，不过是一粒尘埃，被抛起又落下，被吹来吹去，被另一粒尘埃吸引、旋转、分离。他伸出手臂，现在，他不再是一粒尘埃，而是一个游泳的人，拨开水面游走。

一旦离开，谁会知道？再也不会见到这些陌生人了。

一团糟！

他弯下腰小声说道："亲爱的，我怕松开你的嘴你会哭。我不怪你，我只是怕你忍不住。只是，我们不能制造任何噪音。听着，我去找人，去找你爸爸。"他的手感觉到那颗小心脏的跳动。

"叫你爸爸来，"他许诺，"再等一会儿就好了，一切都会好的。"

他没有把她扶上床，因为她躺的地方更隐蔽。

"我是你的朋友。"他说。这话太荒谬了，来自一个男孩苍白的回忆。

他站起来，轻轻地走到 809 房间的门口。

第十五章

"我看见了,"巴卢小姐说到点子上了,"我想,那个孩子正坐在床上,有个人走到跟前,似乎和她打了起来。哭声随后就变小了,非常突然就停下来了。所以你看,"她赶紧说,"我要个解释。我简直不敢相信,"她激动地继续说道,以此掩饰越发颤抖的声音,"我不敢相信,成年人竟然会对一个小孩使用武力。你到底对她做了什么?"

内尔看上去很困。

"回答我,"巴卢小姐生气地说,"如果不是你,是谁?"

"你说你看到了——"那姑娘的脸上流露出一丝狂妄的神情,让人恨不得马上收拾她。

巴卢小姐冷冷地说:"我确实看见有人在做什么,吓了我一大跳。我劝你,小姑娘,立刻带我去见那个孩子。"(但她又害怕起来,因恐惧而头晕。)

就在她的左边、女孩的右边,一扇门打开又飞快地关上了。一个男人出现在走廊里,巴卢小姐还没来得及转头看一下,他就从她身边一闪而过了。他迈开大步,溜冰似的飞快地跑过去,消失在拐角处。他走过去带起的一阵风,让巴卢小姐还有点站不稳。

他的动作如此迅速,让人惊讶,如此鬼鬼祟祟,他的眼珠子还转了一转。

"那是谁!"她感到双膝发软。

那女孩看上去像要气得跳起来,就好像爆米花似的,要蹦起来了一样。

"给我个解释,马上!"巴卢小姐喊道,伸手去摇这个愚蠢的家伙。

她一碰到女孩,女孩整个人就瘫软了。

"哦……"她用胳膊顶着门框,把脸埋在胳膊里,"哦,我好害怕!哦,小姐,不管你叫什么名字。哦,谢谢!你救了我!"

"什么!"

"那个……男的!"内尔含糊地小声说。

"怎么了,他一定是从隔壁房间出来的——对,我看到他出来了!

从那个孩子的房间里出来的!"

"是的,是的,"内尔喊道,"现在你明白了吗?他一直在里面。他说如果我不甩掉你……哦!"

"哦,天哪。"巴卢小姐有气无力地说。

"他说他会——"内尔的身体压在门框上,好像十分痛苦。

巴卢小姐摇摇晃晃地站着,伸手去扶墙。

"他是硬闯进来的,他太野蛮了!"内尔喊道,"而且身强力壮,我不知道该怎么办!"

走廊里一片寂静,巴卢小姐竭力站稳,让自己不要瘫倒。这么可怕的事情,让人一辈子都害怕,你可能会从哪里听到,会在书上读到,但其实不太容易遇到……但是,显然,那是个可怕的色狼。

"我无能为力。"女孩的呜咽打破了咒语,"我没办法……我没有力气。"

"但他逃走了!"巴卢小姐唉声叹气地说,因为她心惊胆战地听到了消防楼梯门"吱吖"一声打开,又悄悄地关上了。她觉得这太离谱了。骇人听闻!这样的事情……在一家体面的酒店……居然能逃脱罪责!她怒火中烧,紧闭双唇,使出全身力气,匆匆地从姑娘身边跑进房间。她重重地坐到床上,伸手去拿电话。

楼下,罗谢尔·帕克熟练地提起电话,贴着脸颊,说:"喂?"

"我是巴卢小姐。"那个激动的声音说。

"我在……？"她喊道,"房间号是多少？"

"807。"女孩立即回答道,她十分冷静。

"807房间,一个男人刚从这里逃走。"

"他做什么了,夫人？"

"逃跑了,跑了,他跑了!"巴卢小姐经常被人要求解释自己的话。"他做了坏事。"她尽量说得简单点。

"抓住他!"伊娃·巴卢喊道,又接着说,"他必须为此负责。他必须面对原告并被绳之以法。他犯了罪,必须逮捕他。"

"请稍等。"罗谢尔说。她按了一下按钮,小心翼翼地把帕特·佩林叫来,她差不多一下就接通了他。"喂？""807,帕特。"

"嗯,什么情况？"

"这儿有个人,"巴卢小姐说,那口气听上去就好像她在说"这儿有头非洲狮"似的,"他现在逃跑了。"

"他长什么样？"

"他长什么样？"这个老师对一动不动的女孩喊道。

女孩张开嘴,舌头舔舔嘴唇,说道:"他……头发是红色的。"

"红头发!"巴卢小姐告诉佩林,同时她的语调里还有点怀疑,因为她的印象中不是这样。

"深红色，很深，"内尔说，"棕色的眼睛，有雀斑。"

"深红色，棕色眼睛，雀斑，身材高大。我看到他了，我想他穿的是灰色西装。"

"棕色的，"内尔说，"还有一件蓝衬衫。"

"棕色？嗯，浅浅的。还有一件蓝衬衫。他走的楼梯，走了还不到两分钟。你们最好——"

"我们会调查的。"佩林说，"你说他强行闯入？"

"是的，的确如此。"巴卢小姐响亮地喊道，就是强行闯入。

"我看看怎么抓到他。"帕特·佩林说，他听起来非常果敢镇定，并且马上挂断了电话。

巴卢小姐翻个身坐了起来。她靠在床头板上，浑身发抖。

"这真的……"她喘着气，"我不知道我什么时候……发生了什么事？他怎么……？是谁……？"

女孩关上了门，绕着床慢慢走过来，在另一张床上坐下。她的眼睛有点歪，眼睛蓝得怪怪的。她十指相扣，放在膝上。她手上没涂指甲油，穿着深色端庄的裙子，瘦瘦的脚踝，穿着一双破旧的鞋子。

巴卢小姐仔细打量了所有这些特征，她肯定要这么仔细打量的。

"可怜的姑娘，"她说，"我还不知道你的名字呢。"

"内尔。"好吧，不是索尼娅，不是托尼，只是内尔。

"我是伊娃·巴卢,"巴卢小姐热情地说,"我想你很紧张吧,我觉得你的举止很奇怪。"

"你不知道。"内尔·万利有气无力地说道,巴卢小姐的心又怦怦乱跳起来,"哦,巴卢小姐,我必须告诉你他说的那些谎话。"

这可怜的姑娘说着,一副惹人怜爱的样子。

"我没办法,他就在里面,他还说他一直听着,要是我胆敢……"

"简直太可怕了!"巴卢小姐喃喃道,"他到底怎么进来的?"

"哦,他敲门了,我肯定要去看看是谁呀。"内尔绞着双手,"然后他就使劲儿推我。"

"你没有叫吗?"巴卢小姐坚信女人遇到事情总是会尖叫。此时,她还想不到任何其他行为。

"但他说……说他是大家的朋友,"内尔说,"我不懂。"

"是啊,当然了,你怎么晓得呢。天哪,你觉得他喝酒没有?"

"哦,他喝了!"内尔大声说,"看!"她伸手去拿威士忌酒瓶时,看上去非常年轻,身姿袅娜轻盈。那件廉价的连衣裙紧紧地裹在她身上。巴卢小姐狠狠打了个哆嗦,她惊恐地盯着空酒瓶。

"然后,"内尔说,"邦妮……那个小女孩……她……她醒了。"内尔用手捂着脸,瓶子掉到了地上。巴卢小姐思绪纷乱。太反常了。可怜的姑娘,她那么难过,做了这么出格的事情。

"好了,好了,"她安慰道,"现在一切都结束了。"然后,又怯怯地说,"对吗?好了吗?没事了吧?"

内尔抬起脸,使劲摇了摇头。她黄褐色的头发乱蓬蓬的。

"好吧。"巴卢小姐有气无力地说。她心跳加速,觉得不舒服。

"不管怎样,"内尔忧郁地说,"他只试着吻了我一次。他就是不停地喝酒。"

"你应该尖叫的。"巴卢小姐恍惚地说。

"但我太害怕了,我不敢……而且,我想,邦妮哭得这么大声,可能会有人听到。"女孩的眼珠滴溜溜地转着。

巴卢小姐觉得有点羞愧,她脸红了。

"她并没有'差点掉下去',"内尔突然义愤填膺地说,"压根儿没有!他疯了。事情就是这样。他以为我想那样做,在窗外,引起别人的注意,所以就把她拖走了。"

"哦,亲爱的……"巴卢小姐想,一个人永远不要太急着相信自以为看到的东西,这才是明智之举,永远要耐心等着听事情的其他解释。"后来,她开始尖叫的时候?又是怎么回事,亲爱的?"

内尔疯狂地环顾四周,低下头,肩膀一起一伏,很快,她哭得越发厉害,连床都在抖。

"好了。"巴卢小姐极力想伸出手去,但她头晕目眩,感觉不行了。

"好了,"她说,"别——"她想,必须马上叫人来。她自己实在没法应付了。这样太不像话了,可她现在觉得自己虚弱得像只小猫,只能听听人家说话而已。那可怜的女孩一定受到了强烈的精神打击。事实上,巴卢小姐知道自己也在遭受同样的痛苦,她对她的遭遇感同身受。

"她很害怕,就哭了起来,"内尔抽泣着,"她只是吓坏了,所以就哭了起来。但他太生气了,简直要疯了,他说她必须停下来。"

她头一滑,脸一转,抬起湿漉漉的泪眼。

巴卢小姐靠在床头板上,她的一张长脸变得惨白惨白的。"那么,就是他,是他在她的房间里?"

"你都看到了……"女孩说。

"是的,我看到了,但是太黑了,看不清楚。哦,亲爱的,如果他伤害了——"

"哦,他没有伤害她。"内尔说着,突然又坐了起来。

"他只是让她不准哭。"她脸上露出一丝可怜兮兮的微笑,"我无能为力,因为他把我锁在衣橱里……"

"难以置信。"巴卢小姐的嘴说话都不利索了。

内尔严肃地看着她。仿佛两人激动的心绪渐渐平静下来,房间里一片沉寂。

"你知道吗?"她说,"我觉得他精神有问题。"

巴卢小姐说："有没有……你可不可以……给我一杯水？或者打电话给我的家庭医生？我真的很担心，我要发作了……"

她闭上了眼睛。

精神病显然是个合理的解释。对于如此狂野和放荡的事情，只能说明是疯子所为，真的。

807房间昏暗的浴室里，冰冷的地板上，埃迪动了一下。他的右边胳膊动了一下，就像一个人梦游时那样。他朝左边转了一下，然后一动不动地躺在那儿。

第十六章

酒店侦探帕特·佩林挂上电话,悄悄走过大厅。他打开消防楼梯外围高高的通道底部的门。经过长期的训练,他对刚才的话九成都不信,但为了确定另外的一成,他站在那儿听着。他知道,任何声音都会从上面传下来。

的确上面传来了动静,有人站在空落落的楼梯上,他亲耳听到的,确定无疑。他静静地等着,身上佩了枪。

杰德发现,下楼的时候,这个狭小的空间里回响着咔嗒咔嗒的脚步声。于是,他站起来靠着一扇门,停了一两秒钟来调整自己的节奏,他把门朝自己这边拉开一点,然后走进去,来到六楼的走廊上。

他朝走廊对面的电梯走去，这个时候来了一个人——只有一个人。杰德小心翼翼地，不让对方看出自己在观察他。那个人按了下楼的按钮，杰德没有动。他紧张得想要抓紧箱子，不过还是忍住了，放下了手提箱。说来也怪，他突然想起来，他居然落下了一条蓝色的领带和一双袜子，该死。他放松下巴，吐了口气，让自己别那么紧张。他没有表现出坐立不安的样子，他只是像那个人一样，像所有电梯乘客一样，似乎不得不盯着那排电梯按钮。他把手放下来了。

他们都是对彼此漠不关心的陌生人，电梯到时他们只是一声不吭地走进来而已，然后电梯下行到达之后又默默地排队出去。杰德哪儿都没去看，只是走到前台。他的步态很具有迷惑性，走起来上半身很放松，可他的长腿实际上比看起来更用力，走得更快。

他干脆利落地说："821 房间塔尔斯退房。"

"没问题，塔尔斯先生。"

"可以快点吗？"他说话礼貌又爽利，但并不太着急。

"刚接到通知需要退房，要是我能赶到车站，今晚就可以离开这里了。"

杰德看了看那个人身后木架子上的钟。

"好的，先生。"前台服务员似乎没有加快速度，但杰德知道他实际上只是没有表现出多余的动作而已，他看出他很熟练。他一动不动地站着。

楼梯上咔嗒咔嗒的脚步声消失了，帕特·佩林知道怎么回事了。他抓住一个男孩，让他待在这里，楼梯到这里就有一道门，外面有一条狭窄的通道，可以从后门出去。他又安排另一个人把着酒吧的门，因为从这个昏暗的酒吧间可以走到大街上。他自己和一个电梯工简短地说了几句话。于是,他那双老道的眼睛扫描着每一个进入他视线的人。

"高个子，浅色西装。"他在椅子间穿梭，沿着走廊走。

"你说去宾夕法尼亚车站25分钟左右能到吗？"杰德愉快地问。

"差不多吧，先生，可能行，好了。"前台服务员把账单转过来。他从盒子里拿出一个信封，也一并递了上来。杰德看到了信封上他的名字，那是熟悉的字迹，是林恩，林恩·莱斯利给他的字条。他现在无暇看林恩的字条，便把字条塞进外套口袋里，掏出钱来。

佩林的眼睛审视着杰德，高个子，灰色的西装，黑头发，没有雀斑，白衬衫。他走过去，目光扫了一眼他。

杰德把钱包放回去，拿起包，打量着前面的路，走几步就出旋转门了。他差不多算是已经溜掉了。前台已经跟他结清账单。要是返回来，再说点什么，倒像是不识时务了。

杰德把手掌轻轻地放在吸墨纸上，店员抬起头来。

"你最好，"杰德慢慢地、冷静地、坚定地说着，好让对方能完全听明白,这是他第一次也是唯一一次这样说,"马上派人去807房间。那里出事了。有个孩子出事了。807和809房间,一个小女孩。如果你知道琼斯夫妇去了哪里,打电话给他们。那是他们的孩子。"

他飞快地转过身,以同样具有迷惑性、流畅而迅捷的步伐,沿着最短的路线走到旋转门前,看都没看一眼就直接走了出去。

现在,他就站在夜色中,在户外,他已经溜掉了,那是他们的小孩,不是吗?

帕特·佩林知道有人走楼梯溜掉了,这是确定无疑的。他下去还是不下去呢?正在犹豫时,向街上望去,他看见了杰德,又高又黑,英俊,穿着白衬衫,正停下来点一支烟,看起来不是惹麻烦的人。佩林走过去,对门卫做了个手势,说了一两句话。他认真扫了一眼杰德的背影,然后转过身,原路返回,穿过大厅,因为嫌犯可能从另一个出口逃走。他看见米尔纳在前台慌慌张张地举起手,好像在跟他招手。他打了个手势表示自己现在忙没工夫理他,就走开了。

杰德抖出火柴。好吧。看来,他已经确定塔尔斯可以镇定自若,稳如泰山。可现在该怎么办?坐出租车?还是公交或者地铁?去机场吗?他的思绪有点乱。

一辆出租车突然急转,就在他正前方停下了。他还以为是司机要问他坐不坐车呢,然后就看到有人要下车,他赶紧让开。

借着出租车顶灯的光亮,他看到她了,那是一名年轻女子,金发,貌美,一袭华服。

他把包放在脚边站着,吐了口烟。这里有一辆出租车,就在他面前下完客,现在随时可用,他完全可以一溜烟儿地逃掉。他嘴里吐出烟,稍微转了一下头,抬头看着身后棋盘状的大楼正面,大华酒店光滑神秘的面孔。

出租车上的女子,空手拿着找零、账单和全部东西下来了。她一只手撩起她的长裙,蓝色天鹅绒披肩搭在粉色丝裙上,她脚踩金色舞鞋,迅速从车里出来,快步走在灰色的人行道上。她从杰德身边走过,茫然地打量了一下他的脸,他也茫然地看着她走过,他俩都是彼此的陌生人。

杰德看见门卫迈开大步走着,旋转门转动,她进去了。而那辆出租车,还停在他面前,门开着,仿佛在暗示他,引诱他坐进去。最后司机说了句:"走吗?"

他走近一步,伸出一只手,低下头,另一只手拿着包,膝盖抬起来……可突然有什么东西击中了他。就好像他的脸被一个屏障挡住了,仿佛蜘蛛网一样柔软、有弹性、容易变形、可以轻易穿透,跟空气一样缥缈。其实只是一股淡淡的香味……从出租车内扑到他的脸上。是一股香水味让他停了下来,因为他闻出了那个香味,让他反胃的味道。

天哪，他自己身上就有那个味道！当然了，就是他身上的！那香味是他身上的。

他大声说"对不起"，然后砰的一声关上了门。他举起手，让出租车走，走吧。出租车轰轰地启动，猛地一转头，气哄哄地开走了。

"想好了再说吧，蠢货！"

杰德把香烟踩灭了。他觉得自己的腿像长在了人行道上，两脚上还捆着无形的铁链。好吧。他不想把自己关在车里闻那个令人作呕的气味，仅此而已。他要让自己身上的味道散一散，那就走路吧。带上该死的行李。快走，笨蛋！他忍着让自己别发火，别生这门子气。他举起手来擦脸。

前台的米尔纳斜倚着柜台，想喊人过来，可小声地喊帕特·佩林根本就听不到，而米尔纳也不可能很大声地喊人。米尔纳依然神色慌张，他眨了眨眼睛。塔尔斯，821房间，八楼。非常确定。他可能知道点什么，807房间出事了？彼得·欧·琼斯，807和809房间。米尔纳先生不知道琼斯夫妇在哪儿。他又气又惊，但肯定要去核实一下。听到这样的警报不核实绝对不行。

他拿起电话转了转，焦急地看着时钟的指针。

"罗谢尔，给我接通808房间，好吗？"

"没问题。"罗谢尔大吃一惊。她想："哦，天哪，出事了！几个小时前我就觉得上面有情况。"她居然很开心,她干这份工作有很长的一段时间,一直都很无聊,所以不管出什么事,她希望有点乐子。

她轻轻地说:"怎么了,米尔纳先生?"

米尔纳先生也不知道出什么事了,他不屑地说:"请给他们打电话好吗?"

"好的,好的。"他听到罗谢尔给他们打电话。他站在那里,手里拿着电话,盯着时钟,仿佛他盯着时钟的指针,指针就不会走一样,而此时露丝·欧·琼斯正从他身后窸窸窣窣地走过。

她想,不必停下来拿钥匙,因为内尔肯定在房间里,她可以开门。再说,取个钥匙还耽误时间。她觉得浪费时间是因为她盼了太长时间才终于回来了,仅此而已,酒店大堂还是一样的,完全没变化。

露丝神经过敏。贝蒂知道了会怎么笑她呀!贝蒂是城里人。讨厌鬼贝蒂,就会找借口不来。可我为什么还觉得她才是可靠的呢……贝蒂和她那套价值观……贝蒂根本就不知道一个女人到底想要什么……当然,他们有血缘关系。事实就是,彼得的妹妹不是陌生人。

现在露丝开始找各种借口(因为楼上的情况肯定跟先前没两样)。我不能说,我回来是因为我一点也不相信你,亲爱的。不行,不能这样说,但可以说,我是来取一块干净手帕的,唉,这个说辞也很蹩脚。显然,衣服上也没有肩带,也不能说肩带断了。对了,就说回来取药吧,说回来取家里带来的特别的药物,比如说,治头痛的。对,这个理由靠谱。

一个穿棕色西装的男人摆出一副酒店官方的姿态在对电梯工说话,他一直说个不停。

"不好意思,"露丝问,"这部电梯上楼去吗?"

"一会儿就上去,女士。"

"谢谢。"她走开了。他们一直在嘀咕什么。男孩说:"从来没有跟我一起乘电梯。"

露丝穿着金色舞鞋的脚抽动了一下。哦,别傻了!一分钟有什么要紧的!可是她内心焦灼,分分钟都不能停。

第十七章

内尔放开水龙头，往杯子里接满水。她站着，手里拿着玻璃杯，拧了一两下水龙头，打开又关上。她低头看着卫生间地板上那个矮个子男人时，脸上露出一丝愠怒，又有点厌烦和疲惫，他躺在地上，就跟平时睡着了一样，身子朝一侧歪着，仿佛那样更舒服一点。

好像是受到强光刺激，他的眼周抽动了一下。她微微皱了皱眉，然后用力耸了耸肩，想甩掉这个麻烦似的。见鬼去吧。

她啪的一声关了灯，打开卫生间门走回房间，刚才她进卫生间的时候非常机敏而迅速地把门关上了。

"巴卢小姐？"她可真殷勤呢。

巴卢小姐闭上眼睛，在心中默默地念诵诗歌。这是一个小妙招，在心里恐慌的时候，可以将恐惧释放到血液中。有时，她将大脑的注意力转移到别处，等着，缓一缓，让受到刺激的心脏不要跳得那么厉害。

"哦，谢谢你，亲爱的。真的，我太软弱了。"她的牙齿都在打战，"但我过着相当安静的生活，我很少……"

突然电话铃响了。内尔手里还握着玻璃杯。

"我去接。"巴卢小姐说着，扭转了一下身子。

内尔安静地坐了下来。她的脚趾不知不觉地内翻一下，又外翻一下。她用手指轻轻弹着湿漉漉冰冰凉的玻璃杯壁。

"喂？"巴卢小姐声音打着战。

"这是前台，我听说出事了，也许您能跟我说说？"

"出事了！"巴卢小姐一下发作了，"是的，当然，出事了。我早就跟一个人说过了！那人是谁？说真的，到这个时候你们应该已经做点什么了，你是想告诉我，你们还没拦下他吗？"

"很抱歉。"那个声音惊讶地说。

"你们到底有没有拦住那个人！我告诉过你们——我说过他长的什么样子。"

"请问您是谁？"

"我是伊娃·巴卢。我住823房间，但我现在在807房间，你应该知道这个，因为我们正在通话。嗨，我几分钟前就说了这里出事……"

"好的，好的，我明白了，巴卢小姐，"前台打断她，"酒店探员多半已经……"

"多半！你在猜谜吗？请问，你是谁？"

"这里是前台，女士。"

"你的意思是说你不知道了！瞧瞧，有什么已经搞定了的事吗？"

"酒店探员显然……"

"显然！你们是人还是老鼠？那个人在哪儿？"

"很明显……他在找……好了，现在我明白了。"

"你们动作太慢了，太晚了，"她不依不饶地说，"时间过去这么久了，就是你们不负责任，让那个流氓逃走了。"

米尔纳弓下腰。

"但是孩子没事吧？"他问。

"孩子？哦，是的，我相信……"

米尔纳，是男子汉而不是胆小鬼，很高兴地表达异议。"你是想告诉我你不知道吗？"接着又是一句呵斥，"有责任的人应立刻上楼来"，然后砰地撂下电话。尽管如此，他还是松了一口气。帕特·佩林知道这件事。

巴卢小姐挂了电话，眼睛疼得要命。这种身体上的弱点常常出卖她，让她常常感到羞愧。她很清楚一个人应该做什么，但软弱的肉体是一种拖累。

"说什么？"内尔说。

"他们……会有人上来。他们似乎有点稀里糊涂的。"而我，巴卢小姐想，是个可怜的、可鄙的、胆小的可怜虫。她试着挪个腿，换个姿势。

"他逃走了？"

"显然是的。"没用，她的腿还是像棉花一样软，一动不动。

"亲爱的，"她伤心地说，"你不是该去看看孩子吗？"

"哦，是的。"内尔赶紧说，但她站起身的时候一点都不着急，反而是慢慢的、试探性的。"你不想喝点水吗？"她似乎不知道该怎么办。

巴卢小姐接过杯子。她不是傻瓜。现在，她感觉到内疚，并且意识到，老早前就应该有人去找那个吓坏了的可怜小孩，那个害怕的小女孩。她开始琢磨，为什么内尔不去呢？内尔的责任就是照顾小女孩呀，她却去给一个陌生人倒水。好像不对劲。最该做的事情不做，不对，肯定有问题。她开始回忆她俩一开始说话的情形，内尔态度粗鲁，行为古怪。她再也不能这么轻率地放过这点了。而且，她似乎记起来，走廊里的那个男人的一侧脸上没有雀斑，衣服也不是蓝色的。

她看着内尔。她喃喃地说："真是难以置信。"

女孩似乎在礼貌地等她继续说下去，又或者她没听懂。

"很难相信,"巴卢小姐说道,"我从来没有听过这么疯狂的事。似乎没道理……没有什么能解释他的行为。你确定吗?"

"什么?"

"你确定你没有纵容他吗?"

"我什么也没做,"内尔看起来很惊讶,"我不明白你什么意思。"

这在重复之前的话,听上去很假。

"来吧,你当然知道我的意思。"

巴卢小姐看上去很生气,但她克制住了自己。

"没关系。现在不是争论的时候。照顾好孩子,亲爱的,把她带到这儿来,那个孩子真可怜啊。"她刚刚还给人下命令,现在声音却开始发颤,"侦探来了后,我敢说他……"

"他什么?"内尔微微皱起眉头。

"我的意思是说,"巴卢小姐做出一副公正的样子,冷冷地说,"也许他见过更多这种事情……也许这类事情比我想象的要多。当然了,"她若有所思地又说了一句,"那孩子……那孩子多大了?"

"多大了?"

"她不是一个小婴儿吧?她可以说话吧?"

"当然,"内尔惊奇地说,"我想她九岁了。"

"那就好办了,"巴卢小姐说,"她肯定能证实你说的话。"

内尔站在那里,看上去傻乎乎的,甚至还有点像要睡着的样子。

这么有限的词汇量真是个障碍,巴卢小姐想。

"证实就是证明,"她解释说,"把同一件事讲一遍,证明没错,你明白吗?这就是为什么我指出——"

"好办了,"内尔说,"是幸运的意思。"

她在微笑。天,她居然在跳舞!她站在同一个地方,就在床脚处,但有那么一瞬间巴卢小姐明显地感觉到她在跳舞。就连她脸上也显得神采奕奕。她露出顽皮的神色,好像她想到了什么,脑子里冒出了什么念头,或者知道了一个恶作剧的秘密。

"我知道的词比你认为的要多,"内尔说,"我懂将来。"

她举起双手……是的,她是在跳舞!(巴卢小姐满眼疑惑地看着她。)接下来,她那穿着黑裙子的身体扑通一声,摔倒了……

她僵硬的手臂撑着自己,白白的指关节贴在床板上,眼睛睁得大大的,好蓝好蓝的眼睛啊。

"我……我想知道……"她的眼神里慢慢露出恐惧的神色,这种恐惧也缓缓袭上巴卢小姐的心头。

"她非常安静,"内尔轻轻地说,"是不是?"

巴卢小姐用手握住自己的喉咙。

"你不觉得……这很有趣吗?"

"有——趣——"巴卢小姐使劲摆着她的手臂。

内尔的牙齿咬住了她的下嘴唇。现在她看上去很严肃，若有所思。她轻手轻脚地走到里面那扇门门口。她的手慢慢转动着门把手，巴卢小姐的大脑神经也紧张极了。

门锁开了，门打开了，809房间里没有任何动静。

"邦妮？"内尔轻轻地叫了起来。

没人回答。

"邦妮！"内尔的背直哆嗦，好像狠狠颤抖着，房间里一片寂静。她回头看时，眼珠子转了一下。

"恐怕……"她呜咽着。

巴卢小姐也很害怕。她动不了。她的耳朵告诉她那里的确安静得吓人。

"但你说……但你告诉我他没有……伤害……"

"后来他在里面，在你敲门之后。你觉得……"

"别那么想！别说出来！"

但内尔的话不可遏制地吐了出来。

"也许他记得……她是会说话的大孩子了……"

"我们在天上的父，"巴卢小姐喃喃自语，"求你……救我们脱离凶恶……"

"会的,"内尔目光呆滞地说,"非常简单。她只是……一个小孩子……"

"去看看!"伊娃·巴卢小姐用胳膊肘撑着站起来。她浑身都瘫软了,但她还是喊着,"看在上帝的分上,姑娘!进去看看吧!"

第十八章

林恩碰了碰他的胳膊。他转过身去,躲开她,好像他以为自己会挨揍一样。

(嘿!稳如泰山呢,塔尔斯?)

"林恩!哦,我以为……"

"他们没有给你我的字条吗?"

她不是幻影,而是实实在在地站在他旁边,在这个城市的夜色中,她脸上露出可爱的表情,她冷静地思考为什么他看到自己这么吃惊。她真是可爱,又理智!

"天哪,你看起来……"他抓住她穿着蓝色毛衣的胳膊,"这个时候你在这里干什么？你一个人在这个镇上闲逛！太晚了，林恩。"

"我不怕……"

"街上不是……"

"我还没有……"

"我不管你在哪里……"

"没有人懒得去……"

"你应该更清楚！"

"哦，别这么……"

"小傻瓜……"

"哦，杰德！"她号啕大哭起来。该死，他俩差点又要吵一架了。杰德在人行道上都往后退了一步。

"我想我们就是从这里进来的。"他喃喃地说。

"我就是从这里走出去的。"她不确定地笑了起来。她的眼神并没流露出快乐，但他们现在既甜蜜又冷静。

他把手伸进口袋。

"杰德，你没读吗？"

"嗯，我……还没有。"他摸索着找信封。他感到不安……不安。还没准备好见她呢。她来得太早了。他无奈地把她的字条握在手里。

"没什么。"她想轻轻地拿走它，但他不愿放手。

"我一直在等,一直在等。"她喘着气说,"我就在大厅里等,杰德,那里很安全。我正打算不等了,准备回家,结果我一走进药店……就看到你了……我一直在朝你的房间打电话。"

他没有回答,没找借口,没做解释。

"我等的时间最长。"她说。

"为什么,亲爱的?"他温柔地问。

林恩的表情看起来好像感动得要流泪了,但她没有哭,也没有转过脸去。她说:"因为我很抱歉,杰德。这事儿我只能这么说了。我感到很羞愧,自己那么固执,那么犟。我相信,我那么生气,只是不愿意承认你是对的罢了。"

"没关系,"他用胳膊搂住她,"没关系,没关系。"他想,这怎么不像她呢!她怎么突然变得这么怪怪的,这么高尚,这么讲道理,她的骄傲哪儿去了?

"我不能忍受你就那么走了,"她平静地说,保持着自己的平衡,尽管他还搂着她,"我们都疯了。就是这样……"

"我生你的气了吗?"他说,几乎不相信自己生气了。

"你去哪里了?"她双手擦擦眼睛,说道。

"哦,我……差不多就是拼命地跑了。"他含糊地说。他感到非常悲伤,非常悲伤。他的胸口有种感觉,好像心都要碎了。

"我们可以到哪儿喝一杯吗?你能送我回家吗?杰德,在走之前,我们能和好吗,能别再说难听的话了吗?"

他低头看着她。

"你打败了所有人,"他严肃地说,"你很可爱。你怎么会这样……"

他打断了她。他抬头仰望,酒店建筑上的石头雕像面无表情,一言不发。

"我那么说你,但我知道你不是那样的。"林恩低声说,"我们是在约会吗?"

仿佛一阵狂风席卷了他,他不由自主地颤抖起来。他伸手去拿手提箱,以掩饰他的颤抖。

"我们是在约会,林恩。"他微笑着,让自己的声音尽量温柔,而她笑得像一道彩虹。

杰德把目光从她头上移开。为什么他感到如此不安和悲伤?她就在这里,固执的小情人,试图回到过去。为什么不呢?毕竟塔尔斯跟她约过。不是吗?回到过去。不是吗?(插曲结束,打上引号,归档并遗忘。)这是晚上的塔尔斯,搂着他的姑娘,而她那么可爱,带着自豪的谦卑,相信(他的心沉了下来,因为它太沉重了),相信他是值得的。他们会再在一起。尽管如此,夜还不深,一切都还在,什么都没有失去,不是吗?他可以把手提箱放在某个地方,继续跳舞!迈开步往前走!

滴答滴……

继续,塔尔斯。从你现在的地方前进,沿着这条路走,之前你中断的那条路、之前你看到的那条路、你偏离的那条路,如果你聪明的话,那就直走,别傻乎乎地去绕弯子……

"杰德,可以把便条还给我吗?"她轻轻地乞求,"你没必要……"

他低头看着她,说:"不。"

他把它放回口袋里。不!他想,我们在某个灯光昏暗的酒吧仔细读吧。

"等一下,亲爱的。"他接着说,他自己都感到很惊讶,好像是她碰他胳膊的那一瞬间他就打算这么说了。他很轻松自如地说道:"我想核实一件事,就一分钟,在这里。"

她对他笑笑,没问题。当然,他说什么都可以。他想,这是多么鲁莽啊!但他碰了碰她,温柔地把她推进门里,推开门,跟在后面走了进来。

他回来究竟要干吗?是出于好奇吗?可以确定的是,他肯定不会让林恩知道他在干什么。反正也没什么事。就一会儿,没必要撒谎,因为她……她这个天真鲁莽的小恋人!不用撒谎,他只是随便看看,仅此而已。他觉得自己很快就能看出酒店有没有派人上去救那个小丫头。出了事下面的人肯定也会有感觉,他能觉察到的。也许酒店的房客还没有人留意到，或者也看不明白怎么回事。但不管怎么样，他肯定会看明白的，这样他就安心了。

然后这事儿就算彻底结束了。林恩绝对不会问的，就算她问起，他不回答、不解释，她也接受的。一旦他知道一切都结束了，就没什么好说的，没什么可琢磨的了。

塔尔斯就可以继续前行了。

现在，酒店内部已经知道出事了，消息在内部人员中传播，大家心知肚明。而酒店的房客还不知情，也许永远也不会知道，因为客人在许多其他场合也都是被蒙在鼓里的。但酒店方现在知道了。

罗谢尔坐在她的桌前。她知道出事了，准备守株待兔。不管什么事情，最终都会落到她跟前来。

米尔纳知道出事了，尽管他表面上看起来跟他的胡桃木柜台一样光鲜笔挺，内心却十分紧张。他正打算走开，因为刚刚他和大堂副理简短地说了几句，副理觉得米尔纳必须亲自上去一趟。现在，他得鼓起勇气走出来，担起事来了。

在最远的昏暗角落里的酒保也知道了。有个行李员正在清理烟灰缸，也似乎知道了什么。服务员知道了。

"有人跑掉了。"他们并不避讳，小声地交流着，只是不敢明目张胆地东张西望。

佩林差不多已经认定那个人已经逃走了。如果他没有走掉，仍然藏在某个地方，那么他藏在哪里呢？走廊里，任何公共区域，都没有什么红头发之类的人。酒吧最隐秘的角落里没有，男士卫生间里也没有。如果他已经办理入住，就会躲在一个房间里，要找到他得费点工夫。

佩林大步走到服务台前，一把抓住米尔纳："我们这里有谁是高个子、红头发、雀斑脸，穿浅色西装和蓝衬衫的？"

"好像……没有这个人。"米尔纳说。

他俩脸上的愁云散去了。大堂副理说："好的，霍奇斯先生。"

一位客人拿了钥匙，对天气发表了一番评论，然后走开了。

"807出事了？"经理说。

"是的，有个女人描述了一下这个男人的样子……"

"他到底做了什么？"

"强行闯入。"佩林干巴巴地说。

米尔纳说："是那个给我小费的人，那孩子没事吧？"

"谁？"

"谁告诉我的？是……"

"不，不。什么孩子？"

"小女孩，琼斯。"

"我最好上去，"佩林若有所思地说，"没有人告诉我还有个孩子。"

"里面有个孩子，这可不妙。我正要去……"

经理说："嘘——别出声。"

米尔纳和佩林分别离开了。米尔纳绕着胡桃木的楼梯扶手，一层层爬楼梯。佩林在电梯附近又遇到了他。

尽管他俩在电梯里也只是窃窃私语，但天知地知。

"她说的，他不可能伤害孩子，"佩林说，"是他闯入的。"

"这些她都对我说了。我们抓到他了吗？"米尔纳表示同意，"他跑出去了，是吗？"

"是的，他现在不在上面。"

"他还敢吗？"米尔纳满怀希望地说。佩林耸耸肩。不管是什么，他们觉得一切都结束了，当然，还有人歇斯底里。

一部电梯窸窸窣窣地下来了。

"对了，那人就是塔尔斯。"米尔纳仔细端详着他，"给我小费的家伙，我想，他——哦……"

"哦，什么？"

"他抓住了那个女孩，她找到了他。"米尔纳放松了。

"八楼。"佩林平静地说，然后走了进去。电梯里的男孩只眨了一下眼，可他都知道了。

"上楼吗？上楼吗？"麦克默多克夫人开心地唱着，"来吧，波波，来呀，亲爱的，该睡觉了。"

小狗跑进电梯，鼻子上潮乎乎的，闻着佩林的袜子。米尔纳和他交换了一个眼神。电梯开始上行。

"波波喜欢坐电梯，"麦克默多克夫人说，"是不是？是不是，宝贝儿？喜欢坐电梯！是的，波波喜欢坐电梯！就喜欢坐电梯！"

她不知情。

第十九章

露丝搭乘电梯缓缓上行,她把零钱塞进晚宴小包,没有低头看手,而是一直盯着那扇光溜溜的金属门,看着它一层层上行。她是电梯里唯一的乘客,这部电梯只在她的楼层停留。当电梯缓缓进入八层的时候,她反而感到一种遗憾,她的煎熬结束了,这种从一种情绪到另一种情绪的转换让她很难受。

她走出电梯,电梯轿厢在她身后比平时多停留了一秒,这里很安静,电梯工侧耳倾听着。似乎什么动静都没有,他有点失望,看着电梯里的灯,拉下操纵杆,电梯又上行了。对露丝来说,走廊也是一样的,没有任何不同。她匆忙向左走,拐了个弯。

807 房间的门看起来还是一样……和其他房间门一样平淡无奇。她准备去换女孩了。房间里的女孩应该在打瞌睡,而邦妮睡得很熟,夫妇俩的衣服会像离开时摆得到处都是。现在就去换女孩。现在,安静点。这气氛……很正常。很自然,当然正常了,露丝轻轻地敲了敲门。

一个激动的女声立刻喊道:"哦,对!进来!哦,进来!"

露丝的心一下跳到了嗓子眼儿。她的手一下握住门把,冲进房间,却看到一个从未见过的身体发福的中年妇女,身体半坐半卧,紧张地待在露丝的床上,眼神里满是恐惧。这个女人的黑色连衣裙在她粗壮的大腿上歪在一边,灰褐色的头发也乱蓬蓬的。"你是谁!"这个陌生人也用受惊的声音大喊。

但露丝没顾得上理她。

她一失手,金色手包掉了下来。她一句话也没说,举起手从 807 飞奔到 809。她用力地拍打半开的门,门开得更大了。809 房间里没有点灯,露丝像箭一样冲过去开灯,旋即转过身来。

顿时,她看到了床上的邦妮,她的一双赤脚在挣扎,那穿黑裙子的女孩弓着背待在一边。露丝大喊:"这是怎么了?"她瞥了一眼邦妮被堵住的嘴,然后看到女孩转过头来对她眨眨眼,眼里满是不开心和不在乎,一副昏昏欲睡的样子,她知道该做什么了。

露丝没有哭号,只是向她扑过去。她的双手掐住女孩的肩膀,用尽全力向后推她，想把恶魔赶走。这时她还是没有尖叫，反而是几乎欢快地喊道："没事的，邦妮。是我，是妈妈。"

女孩的肩膀转过来，扭动着，挣脱了，她的身体也迅速地翻转过来。露丝觉得自己被向后撞了一下，撞到另一张床上，后腰扭伤了，同时她觉得头使劲儿往后一仰，脖子都要断了。她很快地翻了个身，膝盖跪地，只听见丝裙撕裂的声音。她双手紧扣着那女孩的脚踝，往后爬，使劲拽，把女孩从两张床之间狭小的地方拖出来，她要把女孩从邦妮身边赶走。这是第一次。内尔出来了，她挣扎着，摇摇晃晃地，使劲踢着脚……她的手去抓露丝的脸和眼睛。

好吧，露丝想，好吧。

露丝并不总是一个和蔼可亲的年轻主妇，美丽的妻子，温柔的母亲。在她那个时代，她爬过许多粗粝的树，用凹凸不平的膝盖倒挂在梯子上，让辫子垂落下来。她在木筏上、屋顶上赶跑其他小孩。她也在一支强悍的球队里打过篮球，甚至是用所谓的自由风格，这意味着她扯过人头发、咬过人、戳过人。她在许多学校的操场上跑来跑去，小腿被冰棍打伤过，她受过伤，也让人受过伤。直接的肢体冲突，充满暴力和痛苦的世界，对她来说并不陌生。

"来吧！"她咬紧牙关发出嘶嘶声。她眼里带着闪电，她的手抓着那把黄头发猛地一拉，女孩尖叫着向前倒去，挣扎着，露丝在坚硬的地板上打滚，想从她身子底下钻出来。

她感觉女孩的牙齿咬住了她的前臂，双手抓她的脸，好痛。露丝的粉色长指甲尽可能地扎进对方的肉里，用高跟鞋的细跟戳对方的小腿。她自己的头重重地撞在地板上，双手像电线一样陷进对方喉咙里。

无论如何，她不会尖叫的。

她抬起膝盖，丝裙破了，天鹅绒扯烂了。她把锋利的金色高跟鞋对准女孩的肚子，猛地一踢，内尔顿时四脚朝天地倒在地上。露丝跪起来，坐在她身上，抓住她的头发，用她的头狠狠地去撞地板。

但她的头又抬了起来，穿着深色连衣裙的这个身板结实紧致，没那么容易被制服。

露丝听见自己从喉咙深处发出的吼叫，她任凭自己怒吼着。两人这一架虽然进展迅速，她却用清醒的头脑唤醒了过去的力量，她使出过去用过的招数，如果这些都不够，她会想出新的法子……她早就明白，现在这一架，她是在与一个野蛮凶恶的敌人搏斗，对方想伤害自己，并且不择手段。对手十分残忍无情，也许疯了，浑身都是力量。

而露丝也更有劲了，她比曾经的那个假小子更野，比那个女运动员更狠，只因为她是邦妮的母亲。肩负此等神圣的职责，她很轻易就能做到冷酷无情。

她对自己说，好吧，好吧，她不害怕。

她从没想过尖叫。似乎，她唯一的职责乃至唯一的乐趣所在，就是调动起全部的身体的力量和头脑的机智进行搏斗，如果可以的话，无视任何规则。她也没去想谁会赢。即便她被摔在地上，对手那无情的胳膊压着她的胸膛时，她也用自己坚硬的牙齿狠狠地咬住对方的手腕，同时努力思考如何征服……出哪一招能一击制敌……

　　巴卢小姐费劲地站起来，旦她无法保持身体平衡。她的腿站不稳，膝关节咬合不利索。她知道，现在这样的紧急关头，如果不逼着自己去帮一把，她这辈子都会被悔恨和羞愧折磨。但她身体不好，她很伤心。她身体一侧一阵剧痛。她的头脑知道身体要倒下，她只能嘴里念念有词，怯怯地祈祷来个人帮忙，她的身体背叛了头脑，胜利了，她心里却十分遗憾。

第二十章

杰德一走进大厅,就知道酒店方已经被惊动了。消息已经传开。前台更换了工作人员,他从工作人员僵硬的身体姿势上看出来了。他也知道,他们在这里搜查过,而且还在继续搜查。他从那些遮遮掩掩的目光中,从行李员的脊背上,看出来了,他们在找一个人。找谁?当然是找他了,毫无疑问。

他突然意识到,他走进这栋大楼,完全就是在冒险。没错,他们就在找他。他的大脑又一次自动播放先前的记忆,他瞥见的那个穿棕色西装的家伙在椅子间穿梭,对门卫招手,门卫回应,还有门卫稍后才迈开大步走来开门。那个穿棕色西装的人一直在找人。如果不是在找杰德，又是找谁？

穿过酒店大堂，他可以看到穿那一身西装的人，就是之前的那个人，此时此刻，就在那里等电梯。杰德警告过的那个工作人员就站在他旁边，杰德穿过大厅，听到他们说起了自己的名字。

这是怎么回事？

他们在找他，可不知为什么，他们又不是在找他。他看到自己被劈成了两半，一个是他们搜查的目标，一个是刚刚从821号房退房的塔尔斯。他们还没有把二者凑在一起。他们迟早会的，而且很容易。举例来说，就在那边，那个送冰块的男孩懒洋洋地躺着。这个男孩就是那缺了的一环。他那让人不安的目光什么时候能瞥到杰德并认出他来？

杰德带着林恩过来，她背对电梯站着，而他弯下腰，好像要听她说话，实际是便于瞥到她身后的两个人。这两人是酒店方的人，很明显。他们现在才去八楼看出什么事了吗？如果是这样，那可太晚了！肯定是哪里弄错了。已经过去太久了。

（让一个无助、害怕的小女孩在黑暗中等待她的爸爸或长辈，已经等得太久太久了。）

他咬紧牙关。发生什么事了？林恩顺从地站着，头往后仰，抬头看着他的脸。她不知道他们为什么站在这里。她相信应该有一个很好的理由。

很快,他说:"你介意吗?我只想……你跟我说说话,发表点你的看法,好吗?"

"你太神秘了。"林恩欢快地说,很明显她相信他有充分的理由,"我才不想知道为什么。我和另外六百个人。林恩,是第601个约会对象。"

他觉得要惊掉下巴了:"继续说。"

电梯载着乘客……两个男人,一个女人,还有一只奔跑的小狗。

"没有什么比被人要求说点啥更让人迟钝了,让人脑子一片空白,就像长途旅行一样。嗯……我非常喜欢覆盆子派,但种子会塞牙齿。夏天我非常喜欢黄瓜三明治。说这些比说天气更好吗?我说得怎么样?"

"你说得很好。"

杰德是个远视眼,一直都是这样。从这里他可以看到楼层显示牌上的变化。他看不到数字,但电梯到八楼的时候他知道。他气愤地说:"老天,我怎么没有锁门呢!"

"如果我问问题,"林恩平静地说,"我不发表评论,行吗?算了,去掉'行吗'。"

"中间的门。"他咆哮着,他都不知道自己在说什么。

"哦,中间的。嗯,这很好。这下清楚多了。"

"但凡我有点脑子……"

"哦，你有的，杰德。我觉得你很聪明。虽然你长得帅气，但你依然有脑子。我觉得这很合理。猜猜，我最喜欢什么花？在这个时候，我应该知道，这样我才能告诉你。但我喜欢的花太多了，不过你带了玫瑰。"

尽管他一直盯着那个指示牌，但他知道林恩的表情很平静。她没有权利！他向下瞥了一眼。她双手插在大衣的大口袋里，背部向后仰成一个可爱的、充满期待的拱形，好让她的脸能对着他。她的眼睛可爱、理智，眼神里满是平和，因为她相信……她是个小傻瓜，居然谁都相信！

"你看起来差不多九岁。"杰德突然生气地说道，又把目光投向了指示牌。

"哦，我才不这么想呢。我想我是十九岁，而且，我好像太迷恋你了，那种少女式的迷恋。杰德，你怎么这么生气啊？要是我知道怎么回事，我会尽力帮忙的。不过，当然了，这点你是知道的。"（我甚至相信你会相信我。）"看来你只是要我继续说下去吗？好吧，那我就继续说吧，巴拉巴拉。你喜欢室内乐吗？不喜欢，这可是个问题。好吧，我总是说一切要看情况，的确是这样，一切都要……"

指示牌上的数字停住了……定在四楼左右。好像卡住了。是不是坏了？

"来吧,宝贝儿,进来,孩子。啊,淘气的波波!(就喜欢坐电梯!)但到家了哦,宝贝儿,到家啦!瞧,波波一定是个小乖乖。吃饼干?波波想要他的饼干?如果波波想要饼干……哦,多调皮的坏狗狗!波波!听我说!不……不能再坐了。你明白吗,老大?现在,该睡觉了。来,波波。"

波波退到电梯靠里的一个角落蹲下来。

麦克默多克夫人咯咯地笑了起来。

"太可爱了!那是不是——小猴子!波波,狗狗,妈妈会丢下你的。饼干,吃饼干吗?"

酒店的人静静地站着。麦克默多克夫人是房客,波波是房客。房客不必知晓这里发生的一切。他们带着冷冰冰的微笑,不是太不耐烦,也不是太有趣。

波波在米尔纳的两脚之间欢蹦乱跳。

"要我抱它起来吗,夫人?"电梯男孩非常恭敬地说。

"不,不。现在,他必须学习,"麦克默多克夫人说,"他一会儿就好了。"问题是,波波看上去一时半会都消停不了。

酒店的人带着职业化的耐心清了清嗓子。安抚八楼的那个女人,对她说邪恶的入侵者逃走了,这可不是什么愉快的差事。

在大堂里,吉米说:"嘿,伙计们,萨姆平很有趣!看到那边和女孩在一起的家伙了吗？嘿，房间号是什么？"

"807房间。"

"是的，"吉米拖拖拉拉地说，"是的……"

杰德面无表情的脸上目光忽闪了一下。

"……喜欢朗姆酒，"林恩说，"加点粉色的东西。说那么多话，你肯定会渴的。长篇演说要结束了，杰德。谁都别选我当参议员。现在没事了吗？我们可以走了吗？"

杰德的脑子里爆发出一声响亮的"不"。

她的脸色变了。上一秒她还甜美可爱，对自己胡诌一连串废话感到很开心，下一秒顿时黯然失色了。是杰德，就是他俯身看她的眼神，一下子拂没了她脸上的平静。

他平静地说："我就是个卑鄙小人，林恩。彻头彻尾的小人。回家去吧。"

"但是，杰德，我一直在等——"

"不要再等了，永远不要等我。"

他走到手提箱跟前，表情冷漠，抖擞地走过大厅，走得又快又稳，就好像飘了起来。

他知道那个服务员一开始就挺直了身子。见鬼！

他推开通往消防楼梯的门。

啊，天哪，不！

他不应该抛弃那个小孩！什么样的卑鄙小人会这么做？塔尔斯这样的。彻头彻尾没用的……他很伤心，他为此伤心了很长时间。他的心很沉重。

啊，不！

他在八楼丢下的东西不只是一双袜子。他走掉了，永远，像烟一样无影无踪了！是啊，你再也追不回来了，就像你抓不到一缕烟一样。这样的东西无法挽回。

可谁又知道呢？塔尔斯会知道的。

他一路走回大堂，都没绕个弯就径直出去了。再也没有回头路了，再也不行了，不能再进去了。永远的无耻小人，天哪。

但他上去了。用他那双强健的长腿，使出全身力气，三步并作一步，然后两步并作一步，扶着楼梯栏杆，一圈又一圈地爬楼，不像人在爬楼梯，倒像是猴子在爬。

甩锅吧，塔尔斯！白人！让那个老太太来管吧！塔尔斯！他抽泣着吸气。

他想，我不知道我在做什么……不知道我做了什么……甚至从来没有想过要把那扇门锁上，由此确保把她拦在外面。可以做那么多。他，还有他（不是埃迪。埃迪还在外面的浴室地板上……只有塔尔斯一个人知道内尔是什么样的保姆，知道那可怜的孩子在等着，老太太不可能知道，这段时间她在哪里？在吵架？没有理由认为……)

不，不，只有塔尔斯知道，无论有没有理由，有内尔在身边总有些不安全。当然，对别人来说也不安全，对别人的孩子来说不安全，小孩子什么都做不了。所以塔尔斯掂量了一下，对他这个身高六英尺六英寸的大块头，对他的身家性命，诸如此类来说，有什么危险？

对了，他想不起塔尔斯有什么危险。无缘无故地，他就跑出去了，什么都不为，只是心中有鬼，他就这样失去了一切。

现在他太厌恶那个自己了，他觉得自己真恶心。好吧，别说了，塔尔斯。覆水难收，还是看看眼前吧。

八楼？

他的状态一定不错。

呀，有情况！

八楼停着电梯。他们站在那里交谈，跟那个电梯工，一问一答。去死吧，他们不知道有危险，否则他们会很匆忙。杰德不明白他们为什么还慢腾腾的，他从他们身边冲了过去。

啊，也许邦妮没事呢。可能吧，老天保佑，如果是这样，现在塔尔斯回到漩涡的中心就毫无意义了，他帮不上忙了。但也不一定，他还拿不准。他只知道，现在他是为自己来的，他要求一个心安。塔尔斯要冲进去,如果老太太还没找到小姑娘的话,他就会给小姑娘松绑,其他的都见鬼去吧……再等五秒、一秒,一个心跳的时间都太长了。

807房间的门敞开着。老太太蹲在床边,看到杰德破门而入的身影,喘了口气,尖叫起来,那声音简直能把死人叫醒!

杰德已经冲进了809房间。

内尔的头发垂下来,遮住了眼睛,两只膝盖夹着一个苗条的女人,仰躺在地板上。她俩的手抵得紧紧的,手抵着手,胳膊抵着胳膊,生疼生疼的。地板上的那个女人嘴上有血,脸被撕破了,呼吸很浅很费劲,但她一双机灵的眼睛还在寻找机会。

杰德抓住小内尔的短发,把她拉走了。她站起来,惊讶地尖叫着,她被他拎着,一瘸一拐地走着,像个木偶娃娃。

在走廊里,米尔纳和佩林看到了奔跑的身影,紧接着又听到了女人的尖叫声,吓了一跳,两人赶紧跑起来,佩林同时掏出了枪。

807房间的门大开着。

"那个人,"巴卢小姐声音粗哑地喊,"就是那个人!"对,她认得他。她说不清楚,只是凭他动作的习惯,背部的轮廓,肩膀、脑袋的样子,她觉得就是他。

"那个人,"她抽泣着,"那个人……是同一个人!"

佩林朝809房间看去。

他看见一个高个子男人,一脸怒气地拽着一个金发女孩,扯着她的头发,穿过那扇门。他看见那个男人把她拖进门,好像压根儿不在乎她是活是死,不在乎他是否折断了她的骨头。

"放下那个女孩!放开她!"

杰德的头往后仰,修长挺直的鼻子,目光炯炯:"我会的!你别——"

佩林开枪了。

第二十一章

躺在地板上的露丝·欧·琼斯抬起肩膀,把身上撕破的裙子撂到一边,露出腿。她用手臂擦掉嘴角的血,手指梳理了一下头发。有些头发连根扯下来了,从她折断的指甲中脱落下来。

她跪着——没必要站起来——挪到邦妮床边。

枪声在她身后响起时,她一点儿也没注意到。

她低声说:"亲爱的宝贝儿,你还好吗?天哪,你这是怎么了?"她划破的嘴唇轻轻地吻着女儿的太阳穴,手指紧紧地抓住那些可恶的绳结。

可杰德一直站着,因为他得盯着内尔。他无奈把她扔下时,就好像扔掉一包饭菜,把她摔在了地板上。他确定她躺在地板上不能乱动了,就赶紧看看自己的手。他的右手从左边垂下来,淌着鲜血。

他看着那些人,他们紧张地站在那儿,气势汹汹地拦着他,而他试着微笑。电梯工在那些人身后。然后,他看到他的姑娘,林恩,就在电梯工身后……她看着这一些,就好像她站在林中空地,目光透过树林,越过这些男人端详着这奇怪的一幕。

啊,小傻瓜!

"回家吧。"他说。

然后他听到了另一个声音。在另一个房间里,邦妮哭起来了。

杰德的脸上露出一种平静和感恩的神情。他摇摇晃晃地转过身,他受伤了,不是开玩笑,他跌跌撞撞地朝那把栗色大椅子走过去。他想坐在椅子里,也许可以说他是跌倒在椅子上的。

"哦,杰德!"

"但那是塔尔斯……"

"是同一个人……"

现在他又回到了三岁,或许,只有一岁。或者都不是,不过没关系。孩子的哭法不一样。挺逗的……你能用音乐术语来描述这个区别吗?他琢磨着。是音高不同,还是节奏不同?或者别的什么不一样?这是一种折磨你神经刺穿你脑袋的哭声。没有人能哭成这样。是的,没人可以做到这一点。这声音一点都不悦耳……

佩林跪在内尔身边,对杰德咆哮道:"你对这个女孩做了什么?"

杰德才懒得开口呢。

巴卢小姐又发出一声尖叫,她看到那个穿着酒店制服的矮个子男人抱着头,站在卫生间门口,像老鼠一样往外瞅着他们。

"门罗!"米尔纳怒吼道,"怎么回事……"

埃迪眨了眨眼睛。四周一片寂静,他们能听到他微弱的声音。"我想……内尔一定是又搞恶作剧了。是吗?我侄女?内尔?"

"谁?"

杰德回过神来。

"内尔,那保姆,在地板上,"他振作起来,警惕地说道,"疯得很厉害。"

但是内尔只是翻了个身,一副昏昏欲睡的样子。她的手臂安静地落在一边,露出脸来。她闭上了眼睛,眼睛里的蓝色不见了,她的小脸非常平静,从眼角到下巴有一道很长的划痕,看起来就像是画上去的,好像她不觉得疼。她似乎睡着了。

"那是内尔。对,就是她……"埃迪跌跌撞撞地看了一眼,惊讶地说道,"她以前就是这样的。他们说,火灾后,她就像这样……睡觉。"

他吞了一口口水,四下打量着他们那严肃的脸。

"她怎么能睡觉呢?"他呜咽着说。

杰德疲倦地说:"有人去看了一下。我想是琼斯夫人吧,这人差点杀了她。"

佩林站起来,突然从门里走过来。米尔纳突然明白怎么回事了,他惊恐的眼睛里满是愤怒:"门罗!"

"我……没想到……"埃迪说,"我一直都盼望她好好的,但我想……"

"下次,别猜,"杰德说,"林恩你回家去。"

"现在不行。"她想过来,却被他们拉住了,"我不走,杰德。我必须知道……"

他闭上了眼睛。

那边房间里传出尖叫声时,露丝的指尖一直轻抚着那张小嘴,那可恶的封口布带在嘴上留下了奇怪的印子。

"好了,哭吧哭吧,嘿,邦,你看到我打架了吗?等我们告诉爸爸……他错过了好戏……"露丝温暖地把邦妮的小脑袋搂在伤痕累累的怀里,肌肤的接触让人感觉很舒服,"哭吧,亲爱的。哭吧。"

"琼斯夫人?"一个男人对她说。在她看来,他的头发好像根根竖起似的。

"走开,嘘,请打电话给我丈夫……"

她轻轻拍着女儿,喃喃低语,直到她听到彼得的声音,才觉得自己的伤口好疼好疼。

"我们很好,"露丝急忙说,"天哪,我们经历了一次冒险!"

彼得看到他的妻子和孩子,顿时脸色煞白。

"她是我见过的最凶的保姆。"邦妮愤怒地说。

她两只胳膊搂着父亲的脑袋,把他的脸都遮住了:"爸爸,她把我的嘴绑得紧紧的,所以我哭不出来了,她肯定不想我哭得那么凶。"

彼得站起身,看着那些长筒丝袜。

"被绑起来,还堵住了嘴。"露丝平静地说,可她脸上的表情透露了更多的信息。

"天哪,她的听力肯定不好,"彼得的声音在颤抖,"我想她耳朵肯定有毛病,邦妮。"

他握起拳头,又松开。露丝的眼神说,我明白,不过一切都结束了,当心点。

邦妮还没有明白自己遭遇了什么,这样反倒更好。不能去吓唬一个九岁的小女孩,让她一辈子都带着创伤,而是应该疗愈伤疤。露丝知道,有一天她会再次离开邦妮,她为此深感不安,想到这些她就心惊胆战。当然邦妮还会跟保姆一起,必须这样。(虽然不是和陌生人待很久,也许再也不让她跟一个完全陌生的人在一起了。)而他们还会高高兴兴地出门,他们不允许自己畏畏缩缩,不允许自己被吓倒。他们不敢。

可怜的彼得也被吓坏了,心里很难受,他正努力让自己镇静下来。彼得和她一样清楚这是怎么回事。他们彼此安慰。"邦妮很好,我也感觉很好,"她告诉他,"真的。只有几处擦伤。他们把她带走了吗?"

为了安慰邦妮,彼得说:"他们来了。他们会送她去医院,因为她真的病了。她不知道怎么与正常人相处。"

"她会好起来吗?"邦妮抽了一下鼻子说,"她的耳朵会好吗?"

"我也不知道,宝贝。他们不会再让她和正常的人在一起了,除非她身体好起来。"

邦妮一阵阵的抽泣声渐渐下去了,变得像暴风雨停歇前最后一声遥远的轻雷。"爸爸。"

"嗯,邦妮?"

露丝觉得邦妮的头在自己的胸前转了一下。"你玩得开心吗?"

彼得回答不了。但露丝可以。

"哦,邦妮,太有趣了。爸爸做了一个很好的演讲。我希望你长大了就可以去了。"她飞快地继续说道,"爸爸站起来,所有的人,每个人都打扮得漂漂亮亮的……"

彼得看着他妻子的衣服。"那些……抓痕,亲爱的,"过了一会儿他说道，听起来好像他的一半喉咙被堵住了，"医生在外面。"

于是医生进来给她俩做了检查。

"你知道吗？"露丝边说边舔着嘴里的消毒剂，"我觉得，我基本上把她打败了！我看起来一定很糟糕，但我感觉很好。"

她的确是这样。唉，可怜的彼得把事情弄明白了，还在恐惧和愤怒中，而露丝已经用牙齿和爪子把这事摆平了。她现在还津津有味地回忆着刚才的搏斗。她现在心平气和，她身体里的那只母老虎已经十分满足了。"彼得，把我的东西给我。我要陪邦妮在这儿睡。"

"好吧，姑娘们。"

"也许我们会来点热巧克力！好吗？来吧！"

"半夜吃巧克力！"邦妮叫了起来，即将到来的欢乐让她光滑可爱的脸上泛起了涟漪。

彼得·欧·琼斯笑了笑，回到了807房间，除了他妻子，谁都没有看出他心中的难过。

第二十二章

埃迪被狠狠地训斥了一通，被骂成一个没脑子的蠢货，他一直抱着侥幸小心翼翼地行事，呜咽的喉咙里还有灰尘。（别担心，埃迪，玛丽会这么安慰吧。）

米尔纳走了，在楼下站柜台。（如果可能的话，别登在报纸上。）

佩林走了。（"对不起，塔尔斯。你知道怎么回事吧？""当然。没关系。"）他带内尔走了。

内尔走了。她看上去还是像是睡着了，一副天真无邪的样子。只有杰德和她说话。杰德说："再见，内尔。"（这似乎有必要说一次，他一直都想这么说。）

她睡着了，所以没有回答，不过她的睫毛却懒洋洋地抬了一下，好像在说他们不会对我怎么样的。

人差不多都走光了。巴卢小姐还在，手里拿着医生推荐的镇静剂，心里十分难受。杰德又坐在大椅子上了，血淋淋的衬衫松松地罩在巨大的绷带上。林恩还在。

医生再次提醒杰德，别带伤旅行，先好好休息几天再说，然后他就走了。

"你会留下来，杰德，是吗？"林恩的嘴巴都不利索了。

"至少待几天吧，看看情况。"杰德的身子一侧现在痛得要命。他想，该发电报，不过稍后再说吧。也许他会暂停穿越全国的旅行，去看看家人。不知怎的，他就那么觉得。不过，如果他中枪了，他们会担心的。"林恩，你能不能……你的家人可能……你为什么不回家？"

"我会回家，很快就回。"她没有看他，只是盯着自己颤抖的双手。

彼得把露丝的东西拿给她，回来，掀起燕尾服的后摆坐下，双手抱着头："天哪。"

林恩紧绷着双唇，说道："你肯定很难过。我们走吧，杰德？要不要我扶你回房间……"

"或者我。"巴卢小姐郁郁地说。

"别走，露丝想跟我说晚安，稍等。"

"你的，嗯，小邦妮没事吧？"杰德问。

"很快。小孩子很快就恢复了。谢天谢地。和我一起喝一杯？"

杰德不确定。他觉得这个房间不欢迎他，但他正瘫坐在椅子上。

"我该回家了，"林恩·怀特利说，"我不是故意闲逛的……不是故意碍事。"

"我该走了，"巴卢小姐说，"我在这里没什么用。"

"别紧张，"彼得说，"我们大家最好尽量放松放松。"（做一个毫无价值的老懦夫，更重要的是，还被人忽悠了，心理上就输了！）

杰德转了一下身子，慢慢地伸手去摸外套口袋，拿口袋里的信。他费劲地用一只手打开信封。上面写着"亲爱的杰德"，就这些，没别的了。

好吧。他回望朦胧的过去，这就够了，写这么多足矣。他把信揉成一团放回口袋里，没去看林恩。

彼得把酒递过来。"胡说，巴卢小姐。你需要这个。给。"

他坐了下来。他棕色的眼睛盯着杰德的灰眼睛。

"据我所知，你把邦妮绑起来了？但你出去的时候告诉他们了？"

彼得的声音很轻，带着试探的意味。

"我觉得这不关我的事，"杰德直截了当，"我不想蹚浑水，我就想走掉。"

是的，但他并没有走掉，他还中枪了。塔尔斯是个小人，那时候他就是个小人。小女孩没事。现在妈妈也没事。没事了，谢天谢地，他们还没法缓过来。所以……如果塔尔斯还是小人，对他们来说也无所谓了。

灰色的眼睛盯着棕色的眼睛。

"我想，我就是那种小人。"杰德平静地说，"后来，我有点紧张……有点晚了。"

巴卢小姐的嘴唇颤抖着。

"我太蠢了，"她说，"我比没用还糟糕。我的错……"

杰德与她目光交汇。他俩的眼神说，不要太自责，我明白，我们都是罪人……

"在我看来，"杰德慢腾腾地说，"如果你想怪自己……如果我当初没有来这里……"

"如果我没有走出去。"林恩忧郁地说。

"不，林恩……"

"你以为我就没有'如果'？"彼得问。他俩盯着彼此的眼睛。"如果我稍微有点脑子看看那个女孩就好了！我和我那个重要的演讲！我把这一切都扔给了露丝。当然，她搞定了。她拼命了，用她偶然为之的方式。如果……"

杰德摇摇头。

"露丝知道我需要她。她选择了跟我一起,就连她也可以说如果的……"他棕色的眼睛盯着杰德说,我们都是罪人。

彼得紧跟着说:"露丝说她打架打赢了,但我不知道……"

"我也不知道,先生。我说不好。"两人再次对视彼此。

"嘿,别诓我,先生,"杰德温和地说,"她们又不是紧跟在我后面,她们的仗早打完了。"

然后他笑了。因为这只对塔尔斯很重要,而且现在塔尔斯心甘情愿被奚落。

"告诉你吧,这事儿可不常见,一个人觉得自己该挨枪子儿,结果马上就有人把这变成了现实。"他动了一下,伤口很疼,不过还不太糟。这就像是一次自我检讨会,或者私下的批评。不过他不介意。

不过接下来林恩说:"我害怕。"她说话的口气就好像她整个人都要垮了。天哪,她整个人仿佛都支离破碎了,仿佛都不是自己了。她看上去脸色苍白,老气横秋,身体虚弱,浑身都在发抖。"其实,我害怕回家,"她哭着说,"我害怕夜晚。我得回去,但我害怕。这些可怕的事情……我一点儿都不知道。我好怕,原来自己是个那么愚蠢的人。"她哭了起来。

杰德皱皱眉。

"你是应该感到害怕。"他严肃地说。但他不是在说林恩。那样做太恶心太龌龊了。

露丝走出邦妮的房间:"嘘……"

门还开着。她穿了一件男式羊毛长袍,因为她很冷,而且又受了惊吓。(杰德很高兴,他想起了穿着长丝裙的内尔。)但她那张沧桑的脸上依然平静。

林恩忍住了她的呜咽。

彼得握着露丝的手,放到自己的脸颊上。

"她睡着了?"他低声说。她点点头,看上去很美,这个身材娇小、一头金发的琼斯夫人。

"喝点什么,亲爱的?"

"除了巧克力,什么都不要。"

"露茜,如果我送这位年轻女士回家,你会害怕吗?"

"为什么?才不怕呢。"露丝微笑着说。

"嗯,你看,塔尔斯没法送她回家。他得卧床休息。"

杰德惊恐地说:"不,我也要去送她。但是听着,让酒店派人去。林恩不能一个人走。你不能离开琼斯夫人,先生。"今天她已经够受得了!他想。

露丝对他们大家微笑。

"别怕。"她温和地说。

"我们坐在这儿，一直坐到白头。"过了一会儿，彼得低声说，但他的眼睛炯炯有神。"别怕。"她说。

"嗯，你才没有呢！"露丝笑了，"我们所有人会变成什么样子？"

她没有跟他们久待。她的心并不是都在807房间。她吻了吻彼得的额头，道了晚安。她没有说谢谢，也许是忘了，又或许她知道……她退了回去，回到她熟睡的宝贝身边，在身后关上了门。

他们坐在那里，静静地喝着酒。林恩的脸粉粉的，眼神里有些愧疚，背挺得更直了。杰德想，我了解她。我知道她是哪号人。而且，他意识到，她比任何人都了解塔尔斯，真正的塔尔斯。有些东西在萌芽，就在这儿……如果他们去看演出了，就没戏了。有什么东西在萌芽，好坏都有。他碰碰她的手。她转了一下手腕，冰凉的十指紧握着。"有空给我的信写个结尾，亲爱的？"

"怎么写呢，杰德？"

"正式结尾。"他冷静地说，"你的真心。爱你，这就是信的结尾。"

林恩笑得像彩虹。

我只能照顾她了，他想。她不必害怕。他的手指恭顺地在她柔软的手背上划动。

彼得说："对呀。我们应该害怕，好吧。无知的乐观主义没有好处。

但同理，我们也没有必要害怕。"

"鼓起勇气。"巴卢小姐叹了口气。她起身道晚安。

"我们是陌生人。"彼得阴郁地说，"我们认识谁？一个——如果你幸运的话。不多了。看来我们必须学会如何相互信任。我们怎么知道……我们怎么敢……一切都取决于陌生人之间的信任。其他一切都是不可靠的。"

巴卢小姐回房间了，她居然在半夜和陌生人喝了酒！是陌生人，也是朋友！她有点醉意，不是因为喝酒，而是心里温暖，有点想哭，她很勇敢。

彼得回来坐下，盯着他俩，动了动嘴唇。"该死，"他喊道，"我真希望我这么说！"

"说什么，琼斯先生？"

"我刚才说的！"彼得生气了。

林恩的目光与杰德的目光相遇，露出一丝愉悦。

"但是……琼斯先生，你刚才说了，是吗？"

"在我的演讲中！"彼得喊道，"现在，我必须想一个更好的结局。"

他瞪着他们说。

图书在版编目（CIP）数据

恶作剧 /（美）夏洛特·阿姆斯特朗著；王巧俐译.
— 上海：上海文艺出版社，2025. — （域外故事会社会悬疑小说系列）. — ISBN 978-7-5321-9209-0

Ⅰ. I712.45

中国国家版本馆 CIP 数据核字第 20256HL692 号

恶作剧

著　　者：[美] 夏洛特·阿姆斯特朗
译　　者：王巧俐
责任编辑：高　健
装帧设计：周　睿
责任督印：张　凯

出版：上海文艺出版社
出品：上海故事会文化传媒有限公司
　　（201101 上海市闵行区号景路159弄A座3楼www.storychina.cn）
发行：上海文艺出版社发行中心
　　（上海市闵行区号景路159弄A座2楼206室）
印刷：上海中华印刷有限公司
开本：889毫米x1194毫米　1/32　印张7
版次：2025年3月第1版　2025年3月第1次印刷
ISBN：978-7-5321-9209-0/I.7227
定价：35.00元

版权所有·不准翻印

上海故事会文化传媒有限公司出品（01210）www.storychina.cn
想看更多精彩故事？
扫码下载故事会APP

上海故事会文化传媒有限公司所有图书可办理邮购，免收邮费（挂号除外）
汇款地址：上海市闵行区号景路159弄A座2楼206室（201101）；
收款人：上海故事会文化传媒有限公司出版发行部
联系电话：021-53204159
如发现本书有质量问题，请与印刷厂质量科联系T:021-60829062